しんどいから おもろいねん

野々村光子

まえがき

～愛は厄介と厄介の間にある～

「またや…」
ピカピカの小学一年生やった私の漢字ドリルは
いっつもベチョベチョやった。
毎日の様に家に来る『まあちゃん』がドリルの端っこを
シガシガと噛んだ証拠や。
「まあちゃんは大人やのに何でよだれ垂れてんのかなぁ。
もうかなんなぁ」
六才の私の漢字ドリルは
乾くと隣の同級生の二倍に膨らんどった。
そんな芸術的なドリルにしたまあちゃんは今、七七歳。
近くの作業所で幅を利かす現役の働きもん。

何やろな。スゴイねんな。
どこまで生きてもかなわん気がすんねんな。
今日も私の隣にはかなわん厄介な大人がおる。
一〇年風呂に入っとらん男前も、
しょうもない事して届かん場所におるアイツも、
うまいこといかんを繰り返して
刃こぼれした刀を自分に向けとる彼も。
何やろなぁ。かっこええねんなぁ。たまらんねんなぁ。
そんな大人に囲まれる私の時間は、
世界への自慢や。そやろ？

目次

ゴミ屋敷の住職

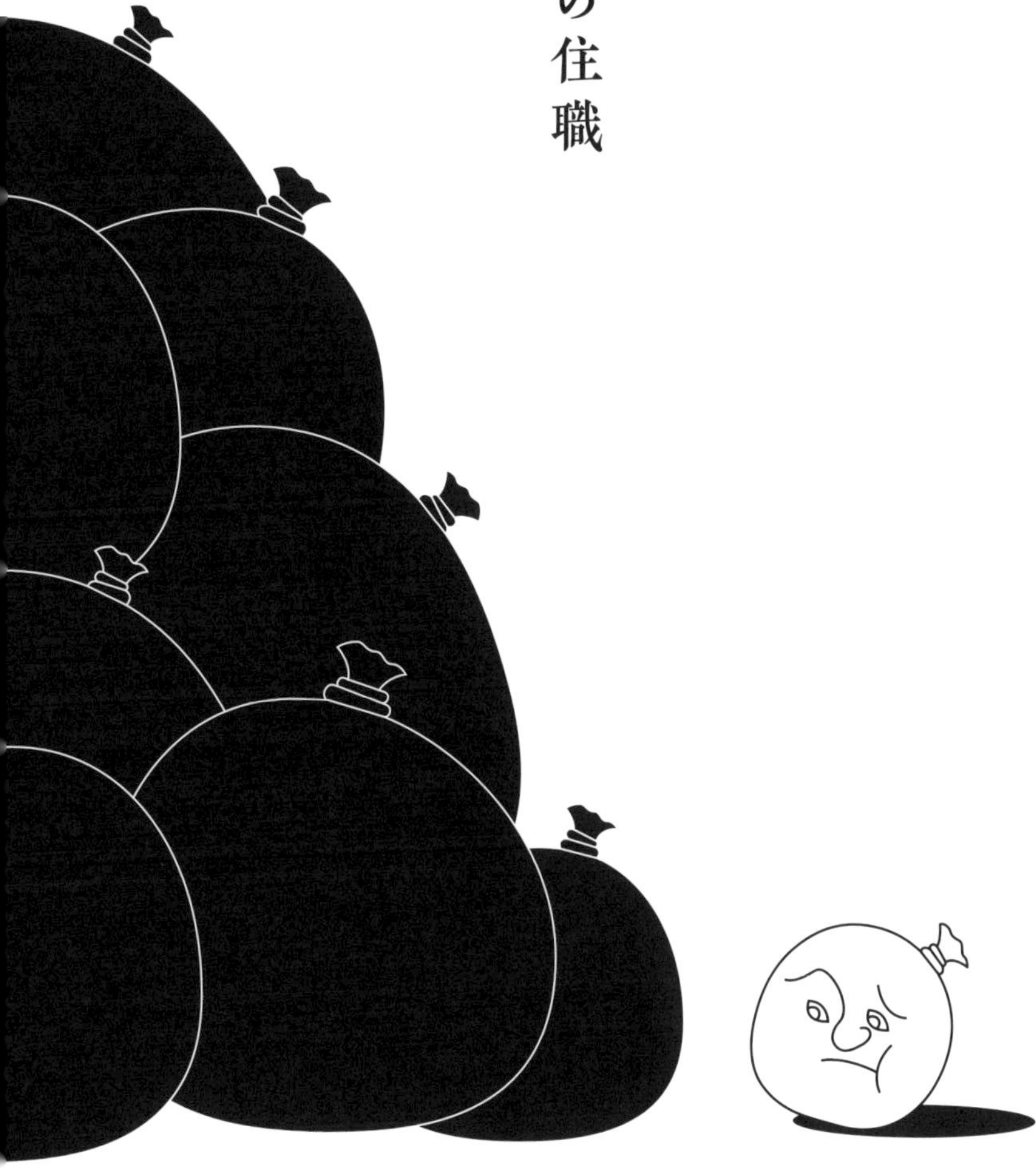

「死にそうじゃ。助けてくれ」

電話の向こうで叫ぶ男。住所を聞いて車を走らせた。

瓦が落ち、背丈まで伸びた草が一面に生えた寺。外壁には、地域からの〝出ていけ〟という張り紙が貼られている。

廃墟。

寺の裏に回り、玄関を探す。玄関はツルで覆われ、入る事を許さない。寺の裏に、檀家が集う書院と言われる部屋の上がり場から外に向かって大量のゴミが流れ出ている。唯一、内に繋がっている出入り口。

「生きてるかぁ」。声をかける。返事がない。何度も内に向かって声をかける。デッカイ男が、ゆっくり暗い部屋の奥から出てきた。長髪と髭はつながり、大きく出っ張ったお腹にズボン回りは追いついていない。

「ほんまに来たんか」。低い声で男が言う。

「呼んだんは、あんたや」

風貌は猛者。けど、ギラギラした瞳は私を見ていない。びびっとる。靴を脱いで上がろうとすると
「なかに入るんか？」と聞く男。

「死にそうな原因は、なかやろ？」言いながら勝手にお邪魔する。

暮らしてはる部屋ではなく、座れる部屋は一室。一〇年前に食べたカップラーメンのカス、昔のお経の本、もう電気が入らなくなったポット…部屋一面に男の生きてきた人生の軌跡が広がる。

その上に、静かに座らせていただく。

男は、私を奇妙な生き物を見るように三六〇度から見て回る。理由は、父親が亡くなって寺がうまく回らなくなって人が来なくなったことで、もう一〇年を超える。

寂しい夜は、救急車を呼ぶ。しかし、何度も呼ぶともう来てくれなくなった。家の中に自分以外の人間が腰を下ろすのは不思議な光景に映ったらしい。

男の瞳は、変わらずびびったまま。

不意に、男が奥の部屋にゴミをかき分け消えて行った。逃げたんか…？

ガラスと思われるコップにファンタ　オレンジを入れて再度現れる。おもてなし。

コップの底に眠っていた埃は、ファンタのしゅわしゅわの上にのっている。更にその上に、薄い肌色に似た粉の様なものでデコレーションされている。

「何やろ?」思いながらいただく。

色んな味はするが、ファンタ　オレンジがベースであることは間違いない。

そこから、男の〝人生ものがたり講演〟が始まった。

寺のひとり息子という誇り。なのに、身の回りの事も出来ない情けなさ。世の中に拒絶されている怒り。そのくせ、人が好きやということ。

講演は三時間に及んだ。聞いているうち、何かが変な事に気が付く。壮絶な男の話に脳みそが反応したのか、見たことの無い虫に刺されたのか…。視野が狭く感じる。

ふと、座っている色んなモノの中から小さな袋を見つける。どうも男が飲んでいる薬らしい。透明な袋の中身は、ファンタ　オレンジの上にデコレーションされていた謎の粉に似ている。

目を見開いて男をあらためて見つめる。「あっ」。彼の瞳は私を見ている、びびってない。理解した。自分が生きる空間に虫が飛んで来たかの様に勝手に入ってきた私を、自分の飲んでいる薬を飲ます事で同じ位置に置いてくれた。

彼とは、次の出会いの日時を約束し少し落ち着いてから寺を後にした。

「死にそうじゃ」という彼の叫びの根源は分からなかった。

一年間。約束は毎回、必ず守られる。勝手な上がり込みをいつも許してくれる。

人生の軌跡を、共に大事な軌跡と不要な軌跡に分ける共同作業を行いながら、彼の夢を聞いている。

住職という職は彼のもの。『人生の大晦日』というテーマの説法を柱に職を全うしたいと。

住職の説法を聞けるステージを地域の人とこしらえたい。

ハングリーな男

陽に当たった事がないのかと思うぐらい、白く細い右腕に彫られた『心意気』の文字。

養護学校を中退した彼に、社会は居場所を与えなかった。

四番目の父ちゃんに殴られる毎日から逃げる様に、一番目の父ちゃんとこに転がり込んだ。

働かない彼を一番目の父ちゃんがうちの事務所に引っ張って連れてきた。

顎を上げ、煙草を吹かしながら言う「オレ、ヤクザとかになって金儲けてベンツ乗りたいんっすよ」。

イケてないよ…どう伝えていこうかな。

『カッコイイ大人』を見たことがない彼に、色んな背中を見せた。

農作業で土を運ぶ男。工場でひたすらネジを閉める女性。デザイン事務所。新聞配達…。

仕事とカッコイイ大人が結びついてない彼は混乱して、私から逃げた。四番目の父ちゃんとこに戻った。数カ月。待ち焦がれた。

一番目の父ちゃんとこに帰ってきた彼。数カ月間はチンピラの小間使いをしていたらしい。

細い右腕に彫られた『心意気』の文字は変わらず貧相なまま。

ネオンの無いこの町で、どう生きていくのか。

今までの彼の人生を教えてもらう。一緒に、生まれた家を見に行く。借金取りに追い出された家の周りには、板が張り付けられ廃墟と化していた。

途中まで通った養護学校の前まで来ると「止まるな」と怒鳴り、車中で暴れた。

一四歳離れた兄が住んでいるはずだと言うアパートには、もう他人の表札が入っている。

ネオンの町を後にして帰る途中に彼が言う…「誰も僕の事覚えてないわ」。

黙ったままネオンの無い町まで帰った。

一番目の父ちゃんの働く運送会社の二階での暮らし。ある日、父ちゃんの女が転がり込んできた。奇妙な三人暮らしとなった。六畳の部屋で三人の身動きは取り辛く、駅周辺を居場所にする時間が増えた。

彼にとってのカッコイイ大人って…働く大人やなく、一緒に飯を食う大人なんかもしれん。

駅で彼を探しては、何度も一緒に飯を食った。

ラーメン屋で、他の客と並んで読めない新聞を広げる。

ファミレスで、ブラックコーヒーを飲まないのに注文する。

世の中の大人は彼にとっては上っ面なんやと教えてもらう。

一緒に飯を食う時間、彼から話が出る。

「野々村さん、欲しいもんある?」

「若さと美貌」

「しょうもなぁ。僕は、知り合いが欲しいわ」

空っぽの中に、知ってるコトや人を入れて気持ちの空腹を満たさんと生きてられない彼と飯だけ食った。

遂に、一番目の父ちゃん〝本人の自立〟を希望してきた。そして、どこからか母ちゃんが現れ、彼は喜び一緒に自立の旅に出はった。

母ちゃんと住み込みで掃除の仕事をしているという彼からの突然の連絡。

そして、「野々村さん、ずっと僕の知り合いでいて欲しい」と。

時々かかってくる電話は、驚くほどの出来事も幸せな光景もない。

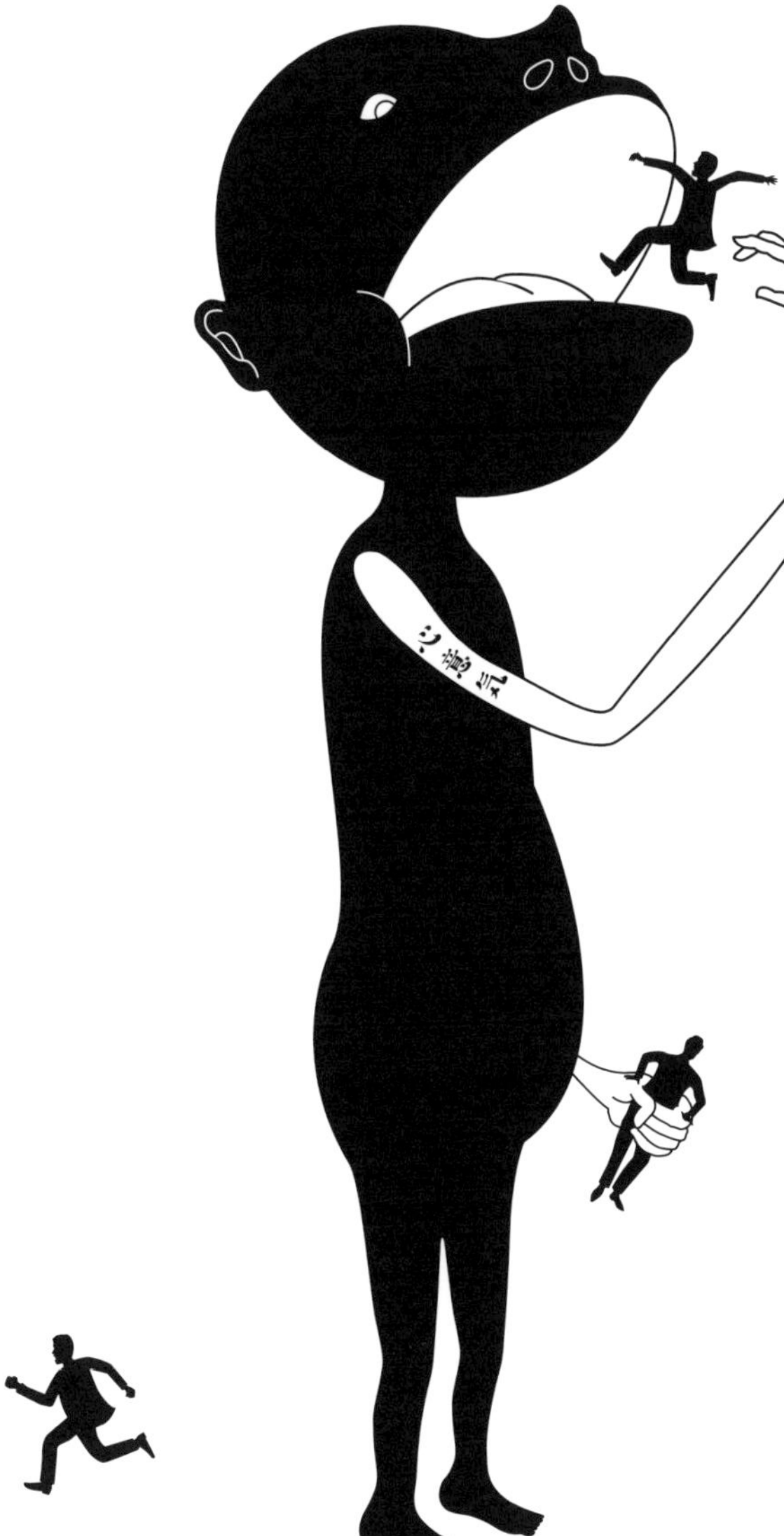
心意気

就労支援なんかクソや。一緒に飯食う事しかせん大人もクソや。電話をもらう度に自分の中で呟く。

彼のへなちょこな右腕に刻まれた『心意気』の文字は、いつまでも私の心を掴んで離さへんやろう。

知り合いという役職を全うする覚悟しか出来ん。

目の下クマのべっぴんさん

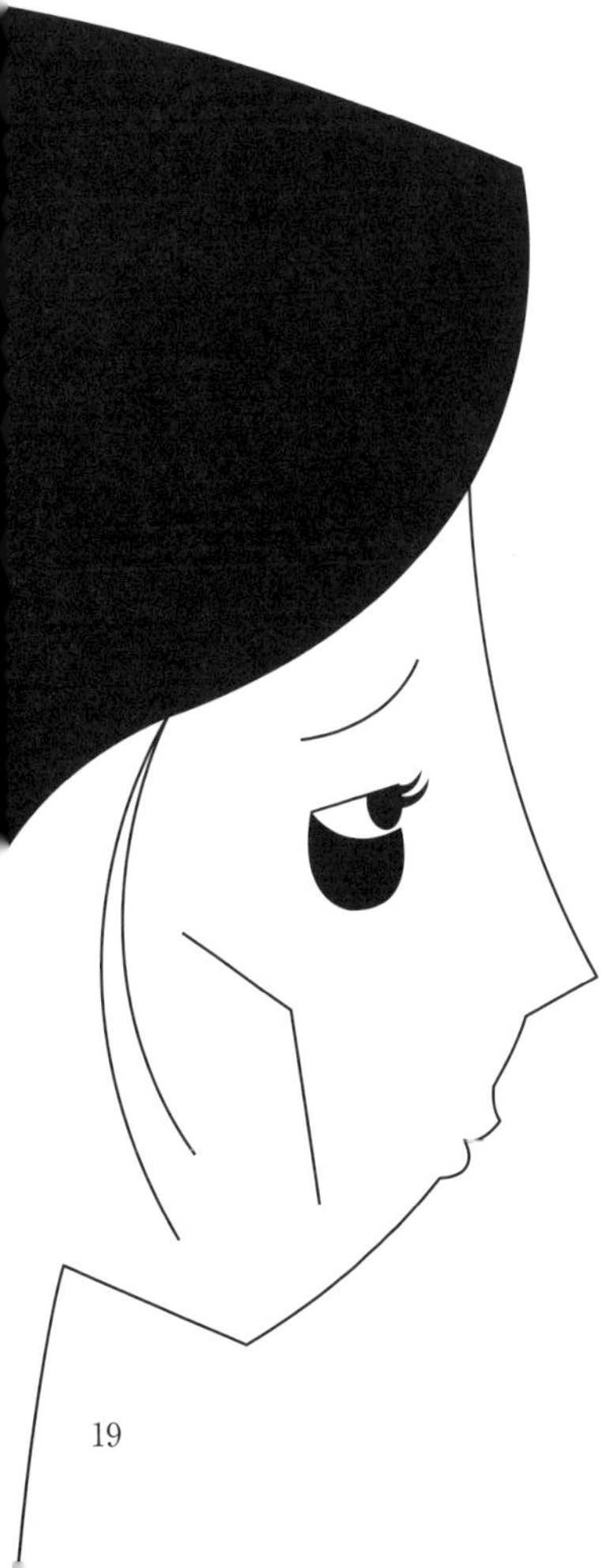

「毎日、二時間しか寝られないんです」

めちゃめちゃべっぴんな顔に、似合わない目の下の黒いクマ。

地域の民生委員さんに連れられて来た彼女は、全身で〝疲れています〟を表していた。

三五歳バツ二。小学三年の長女と二人暮らし。

人生のものがたりを、おでこを抑えながら話してくれた。

高校卒業後、地元の車部品工場でライン作業に就いた。ひたすら、ネジをボトルにはめる仕事はとても得意だったと話す。

コンビニで声をかけて来た男性と結婚。

寝起きを共にして五日目、夫はアパートから居なくなったと。理由は、「私のペースは世間と反対と言われました」。淡々と語る。

その後、六カ月経って、妊娠に気付き長女を出産。

実家には戻れず、アパートでの二人暮らしが始まった…本屋で声をかけて来た男性と結婚。

生活を始めて七日目、二回目の夫はアパートから居なくなったと。理由は、「宇宙人との暮らしは耐えられない」と言われたと話してくれる。

彼女から発信される「なんか、うまいことといかへん…」を、ゆっくりゆっくり一緒に見つけて行くことにした。

暮らしに触らせてもらう。

「おはよう」から「おやすみ」までを知る。

二時間しか寝られない…。何度も二四時間を共にして、理由が見える。夜一時就寝。朝三時起床。ご飯を炊く。炊き上がるのを炊飯器の前で待つ。洗濯機を回す。洗濯終了まで洗濯機の前で待つ。

彼女の中に、同時進行の文字は存在しない。

食事もとても個性的。

白ごはん、卵、キャベツ、カレー、牛乳、水…以外の食事や食材は彼女の中に存在しない。

昼間はクリーニングの受付バイトに行っている。毎日遅刻、毎日失敗、毎日怒られていると。

小学校三年生の長女は、三年間学校で誰も声を聞いたことが無い。母親である彼女が通訳。

彼女の精一杯は、空回り。

人生の中に、愛も気持ちもある。足りんもんは無い。

生活の中の同時進行についての考え方を話す。「人生は効率ではない」

食事の幅について話す。

「新しいものを入れて体を驚かせない」

なるほど。全てにきちんとした理由があるんや。

彼女にとって大事なものは何か…。

無理ですけどね…と言いながら彼女が話す。「子どもに弁当を作ってあげたいと思います」

学校行事は、全てコンビニのおにぎり二個だと言う。

「人生は効率ではない」「人生は誰との時間を大事にするかや」

「食事で体を驚かせない」「食事が楽しみになると体は必ず喜ぶ」

彼女の中にあるきちんとした理由を一緒に太らせた。

今までの人生を変えるのやなくて、大事なもんを胸の奥に柱として置く事でどんな毎日を

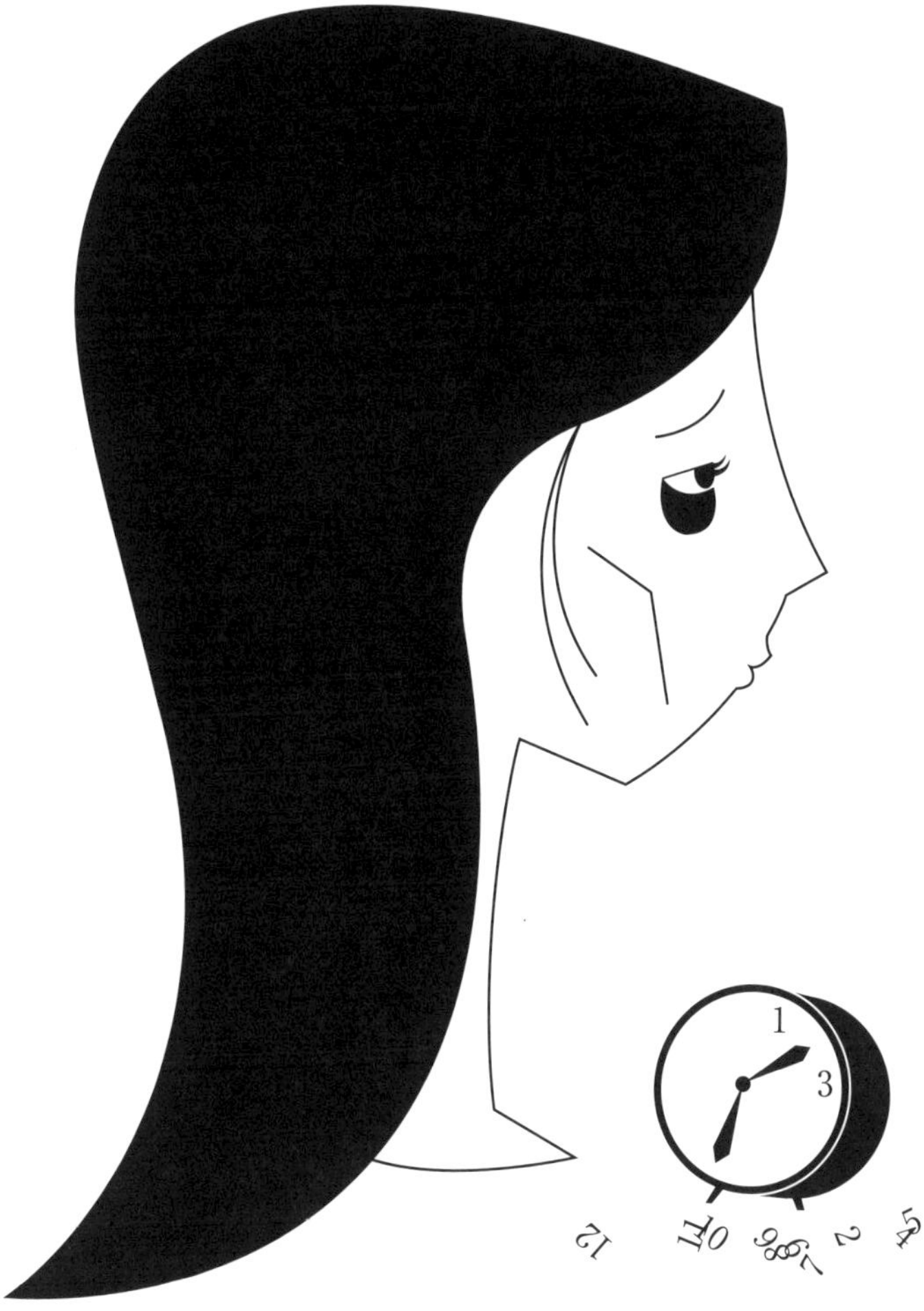
1
3

生きる事が、自分の人生ぼちぼちええなぁと思えるのか。

世間体が命のこの田舎でバツ二になった彼女と縁を切ったと言う母親に会いに行った。

彼女の「なんか、うまいことといかへん」について話す。もちろんその中には、いつも彼女の精一杯があることも。夫に逃げられた恥ずかしい娘への怒りは、少しずつ幼い頃からあった。

「なんか、うまいことといかへん…」について母親としての数々の悩みや挑戦を彼女とのものがたりに変えていった。「彼女にも、母ちゃんにもミスは一度も無い」。私は言い切った。

母ちゃんと一緒に、彼女のアパートのドアを開けた。

夕方、彼女からの電話が鳴る。「今日、仕事を辞めて来ました」。理由は、怒られ続けることはしんどいけれど、怒り続ける人もしんどいのです。

私は、子どもに一昨日、母親に習って初めて肉じゃがを作ってあげました。カレーよりも喜びました。

昔、工場でネジを閉めていた時とても周りの人が褒めてくれました。

野々村さん、仕事も目の前の人が私の事をええなぁと思ってくれる方がいいですわ。

ほんまにこの女は、かっちょええなぁと思いながら、今日も肉じゃがの味見をする。

野々村語録―その一

頭から血ぃ出るぐらい考える

いつも思う。
この人からどんな景色が見えてるんやろう。
その景色を私も見たい。
だからいつもいつも考える。

地域を育てる放火魔

蒸し暑い夏の夜、電話が鳴った。

「変わった放火魔を追い出してっ」。うちのセンターの看板には、『就労支援』と書いてあるねんけど…。

とりあえず、教えてもらった場所まで行く。四五年前に出来た団地の入り口に人が集まってはる。電話の主は、四月からこの団地の民生委員にならはった元婦人会の会長。

集団に近付くと、一気に私は囲まれた。何かのドラマで見たかの様に、各々が言いたい事を私に向かって叫ばはる。

「ちょっとっ」

みんなを一言で黙らせ整理した内容を話し出したのは、元婦人会会長。流石。

この団地に放火魔が住んでいる。警察に何度も捕まるがすぐに戻ってくる。話し合いには出てこない。本人のコトも家族のコトも詳しく誰も知らない。放火で怪我人は出ていない。

翌日、会いに行ってみた。

団地の中で、目立たない様に建っている息遣いが聞こえてくる様な自宅。外には、埃をかぶった車と自転車。玄関のピンポンは壊れている。

「こんにちはー」。玄関の引き戸を開ける。何かを感じたのか、彼が玄関の上がりに座っていた。色白で全身黒い服を着た男。しばらく沈黙。玄関から奥に続く廊下を見つめる。うっすら光が見えるだけ。

沈黙のまま彼の横に腰を下ろさせてもらう。自己紹介。

「暑い日は、クーラーかける？」

「金ないし、かけん」

「金あると、便利？」

「うん」

その日から彼とはよく出会った。出会いのシーンはその時々によって違うが全て突然。放火をすると、警察で出会う。地域から連絡があるとバス停で話す。心配が大きくなると病院のロビーで見つめ合う。ほんまに、少しずつ少しずつ、彼の中にあるもんを感じる。

大量の借金と男気。父親から寄せられる期待と絶望。通院を拒まれることへの怒りと悲しさ。

普通でありたいと願い続けてきた気持ち。

彼の事。

双子の兄ちゃんが、家族とうまく行かずに家を出た。その兄ちゃんが心配な母ちゃんは兄ちゃんの所に行った。寂しくなった父ちゃんが鬱になった。

社会人になった彼が自分に出来る事は〝稼ぐこと〟。でも、うまく行かない。

苦しい思いを家族にもどこにもぶつけられない。その思いは、SOSとなって団地の隅っこに火をつけた。一八〇％で生きてきた彼の人生にミスはない。気付く。足りんもんは応援団やっ。

『奇妙な放火魔』と名付けた民生委員婦人に彼の事、彼のSOSの声について伝える。そして、彼の人生のステージは、今までもそしてこれからもココなんやと。

自治会トップ会議に呼ばれる。彼を『仕方のない放火魔』と見ている警察官も連れて行き、一緒に公民館で並んで座った。

奇妙な理由について、考えを話す。繰り返される放火で人が誰も怪我をしていないという事。

それは、彼は、団地の中でよくよく団地を見て知っているという証。約三〇年。誰も詳しく彼を知らない理由について、真実を話す。

そして、彼と家族の、うまく行かなさは、ミスではなく人生のものがたりであるという事。只、あまりにも、登場人物が少な過ぎるものがたりであるという事。何度も何度も話した。自宅の買い置きのカップラーメンが無くなると、近くのスーパーまで買い出しに行く。そんな彼に注がれる視線は「奇妙な人」から「何を食ってはるんやろー」に変わって行く。

一日三食よく噛んで食べる事が人間の体を健康にすると信じる民生委員婦人から呼び出される。「ラーメンは骨が溶けるんやで」と煮物と大量のおにぎりを手渡される。

火をつけないか自宅を監視する警察官から、「早起きな人やな」と彼の暮らしについての話をされる。

彼の人生のものがたりに、少しずつ登場人物が増えて行く。彼が嬉しい表情を見せる事は今の所無い。

変わったのは、団地に放火魔がいなくなった事と金を稼ぐことより働く事に憧れる時間を持つ様になった彼の毎日。

民生委員婦人からの電話が鳴る。

「ちょっとっ。寒い日が続くのにまだこたつ出してないねんてっ。今日、こたつ布団とりあえず干しといたわ」

元婦人会会長は応援団長になっている。

職長

「ほんまに、優しい子なんですわぁ」

小さな玄関からのぼる、細い階段の奥を見つめながら高齢の母ちゃんが話してくれた。

今でも、はっきり憶えている。

一〇年前の秋が始まる九月。地元の学校の先生だった男性から、彼との出会いをもらった。

子ども時代、いつもみんなから少し離れて元気に遊ぶ友達を静かに眺めていたという彼。

勉強は苦手で色んな事に消極的やのに、なぜか友達に頼られていたという彼。

中学校を卒業して、近くの高校に合格した。けど、行かんかった。彼には必要なかったんかもな…

と今思う。

一六歳で家に居るという事。田舎な町では許されない時代。親戚に紹介されて金属の組立ての
仕事に就いた。

手先が器用な若い彼は、工場の中でどんな労働者やったんやろう…気持ちを巡らせると色んな
思いが寄せてくる。

しばらくして、彼は会社へ行かなくなった。理由は、今でも聞いたことがない。

それから、三〇年ずっと母ちゃんとの暮らしの中だけで生きてきはった…。そんな彼のものがたりを、元学校の先生から教えてもらった。

会いたくて、何度も自宅を訪ねた。母ちゃんにとって、何でも手伝ってくれる息子は自慢であり心配の塊でもある。

なかなか会えんかった。小さな玄関を何度も開けて風を入れたつもりやったけど、二階に居る彼に届いたのは、雪が降る季節になってた。

長身。

目線は斜め下。

ガサツな訪問者と相反するおだやかなオーラ。

彼の三〇年は大事な大事な時間やったんや…。

長男としての、家を守る責任。庭の草刈り。母ちゃんとの買い物。回覧板。

彼の隣で大事にしてきはった時間、コト、気持ちを丁寧に丁寧に教えてもろた。

「自分のこと」より「誰かのために」が柱にある男やと分かった。

そんな男に、惚れた男がいる。

野々村の同僚。こっちも、無口。地域から集まる色んな仕事を請け負うステージの代表。

「図書館の草刈り。人手がないんやわ」。無口な男から無口な男へ、仕事の依頼がなされる。

「草刈りは出来る」と彼が静かに答える。

目線は斜め下ではない。依頼した男の目を見て頷く。緑豊かな図書館の庭。集まる色んな顔。

声が聞こえる距離を保って、みんなの中に居る彼。元学校の先生の言葉を思い出す…。

機械刈り、手刈り、落葉拾い。どんな仕事もほんまに丁寧。

「ここまで刈ればいいんかな?」何故か周りから頼られる彼。元学校の先生の言葉を…。

大事な母ちゃんが亡くなった。人生初の独り暮らし。色んな初めてに気持ちが削られて行く音が隣で聞こえた。

草刈りだけは休まない。理由は、無口な男に頼まれたさかい…らしい。

無口な男が言う。

「一緒に働いてきた時間がある。出会わんかった時間を超えるまで一緒に働きたい」

今でも、はっきり憶えている。いつもと違う春。

とても似合う紺色のスーツに、決意の赤色ネクタイ。人生で初めて書いた履歴書は、無口な男と何度も何度も書き直した味のある一枚。

「今までの仕事の中で一番おもしろかった仕事は何？」

「全部です」

「今までの仕事の中で一番しんどかった仕事は何？」

「全部です」

彼の目線は、真っすぐ私の目と気持ちを捉えている。

緊張で先に倒れそうになったのは、彼に惚れた無口な男やった。

人生の大事な場面に同行したいと彼の隣で作業着からスーツに勝負服を代えて座っている無口な男。溢れる緊張と気持ち。会場を彼に支えてもらいながら退場していった。

四月。長身な男前は同僚になってくれはった。

子ども時代からの変わらん彼と、働く力を生きる力に変える大人な彼と、色んな彼に学び続ける日々がやって来る。そんな彼の職名は、もちろん人を育てる『職長』。

朝、職長から声をかけられる。

「野々村さん。最近来た二四歳の子、頑張っとるで」

「頼むで働く五六歳」

感謝と反省の間に立つ

一歩進んで三歩下がる。
そんな毎日を生きてると、
びっくりするぐらいの愛と応援が集まる。
夜寝る時に思う。
ありがとうと明日はちゃんとするでと。

「私の事を呼び捨てにする大人たちシリーズ」
おとな 1
～忘れ物の多い木こり～

出会いの場面は覚えてない。

出会ってからの場面と、もろたコトバは今日もいっぱい溢れとる。


元大工。

父ちゃんも兄ちゃんも大工。

今は薪ストーブと薪を売る社長。看板は『薪遊庭』。

どんなとんがり屋根の上でもサササーと登って、そこから見える山脈に思いを馳せながらサンタクロースみたいに煙突をのぞき込む。

「ボクは、ベンツに乗るために社長になったんやない」

社長名言集のひとつ。

「ボクは、目の前の山がちょっとでも元気になったらええと思て社長になったんや」

そんな男前は、山だけやない色んな人も場所も元気にしとる。

「野々村に出会ってえらいコトになったわっ」

最大の誉めコトバをいつも浴びせるこの男に私は育てられた。

二〇一〇年。

「人の手で山はほんまに元気になるんか?」という取り組みで、山の循環に気持ちを向ける社長と、人の働きに気持ちを向ける野々村の視点が重なった。

山から薪の原木を切り出す仕事は木こりが担当する。その原木を暮らしの資源になる薪にする仕事を彼らが担当する。当たり前の役割分担。

会議室やら、窓口カウンターやら、机やら。そんなもんが無い世界がどんだけデカイかどんだけシンプルかを教えてもろた。そんなすげぇステージで人間はハナクソなんやと。

そんな、人間が太刀打ちできんもんを相手にしとるこの男。色んな人が憧れるこの男。

二日に一回は、自宅玄関のカギをかけ忘れる。三日に一回は、携帯電話とあれとあれを…。

学ぶ。

誰もが誰かの応援団。

ほんまにサイコーやなと今日も思う。

あれから一二年ぐらいずっと彼らの手によって薪割りは続いてるし、変わらず木こり社長は色んな鍵を閉め忘れてる。それは、山に人は入るし、薪遊庭に人は集まるというコト。

木こり社長は不思議がいっぱい。

自分より年上のオッサンたちからはいつも子ども扱い。許され愛され気にされとる。

自分より年下の若いもんからはいつも頼られる兄貴的。話され愛され憧れられとる。

ほんまにズルいとすげぇと笑えるがいつもおんなじぐらい存在しとる男。


何年か前に、木こり社長がデッカイ怪我をした。エピソードは絶えん。

めちゃめちゃ高い杉の木から放物線を描きながら大地へ着地したらしい。連絡を受けてとにかく薪遊庭へ向かった。あの時のよう分からん耳鳴りは今も感覚として残ってる。

薪遊庭は、駆け付けた車がアベコベで集まってた。整列してない車が木こり社長を思う皆の気持ちを表してた。

年上のオッサンたちは、自分の息子が心配かけてすまんと言う顔をし、年下の若いもんは、自分の兄貴が不在の間を任されたと勝手に鼻息が荒い。

そこには、何の根拠も無い自信と、何の心配も無いという確実に熱いもんだけがあった。

そして、木こり社長がちょっと笑いながら復活して来た。皆で頭叩いて抱きしめた。

薪遊庭は変わらず薪は割られてるし、変わらず誰かが出入りしてる。

ベンツ買う余裕も気持ちも無いけど、木こり社長は色んな人に色んなもんを届けてくれる煙突のぞき込むサンタクロースや。しっかり命綱付けたサンタクロースや(笑)。


いつやったか木こり社長に言われた。

「野々村は社会やら常識やらを見る目は無い。目の前のコイツのコトだけ見える眼や」

褒められてるのかどうかは分からん。けど、私がちょっとでもブレた標識を見とったら自分に付いてる命綱を渡して引っ張ってくれると思う。

今日も玄関の鍵は開いてるやろな。人の家の煙突をいつものぞき込んどるサンタクロースは、誰でもいつでも入れる様に自分の玄関は開けておく。
社長。ほんまにあんたはサイコーやわ。ありがとう。明日もよろしくやで。

私が愛した男

～命がけの時間～

手を合わせる仏壇も無い。返事が来ない空を仰いで聞いてみる。
「なぁなぁ勝治さん。あんたの人生をコトノネっていう雑誌に書いてもええかな?」

「助けて…」
働く事を応援する毎日の私の携帯に入った一本の電話。
声の主は、尊敬する行政マン。
話を聞きに行く。
家族について。
勝治。六三歳。
母親。九〇歳。
妹①。五八歳。
妹②。五五歳。
だいたいこんな感じ。

一家を心配する行政マン達が勝治さんについて話をする。

見当たるご近所には全て限界までの借金をこしらえている。

知的障害のある妹二人を施設から強制的に退所させた。

高齢の母ちゃんを受診させない。

訪問する保健師に暴言暴力を繰り返し誰も自宅へ入れない。

ずっと無職。ずっとゴミ屋敷。

だいたいこんな感じ。

『働く事の応援を活用する』私の役割も決まっていた。有り難い。

勝治さんに会いに行った。

自宅の敷地に車を乗り入れた私を見つけて走って出てきた。そして、玄関先で箒を槍の様にして構えている勝治さんの立ち姿。今でもはっきり覚えている。

細い体いっぱいに不安と怒りをまとってたな。

私には、あんたが家族と父ちゃんから引き継いだこの家を必死で守ってる様に見えたんや。

裸足に凹んだヘルメットを被るあんたに私は真剣を見たんや。

「帰れー。やったるどー。帰れー」

細い体に似合わんしゃがれたデカい声で怒鳴り続ける勝治さんに近づいた。窪んだ大きい眼は見開いている。やるかやられるか…そんなコトバが似合う瞬間やった。

「人を探してるんやけど」と声をかけた。瞬きもせず無言のままの勝治さんに続ける。

「実は仕事を頼める人を探してるんやけど、あんたは無理やな。帰るわ」

「何の仕事や馬鹿にすんな。しばいたろかっ!」箒を振り上げたまま答えた勝治さんの姿は今思えば笑える。

「頼まれてくれるか?」と言いながら、箒を振り上げたままの勝治さんのヘルメットをそっと脱がせた。同時に、箒は勝治さんの手によって玄関先の本来の位置に戻された。

無言で家に入っていく勝治さんの後ろを無言で付いて行った。

物に溢れた玄関。聞いていた家族の数の三倍はある靴と下駄。只、全て綺麗に整列されている。

勝治さんは、居間に上がるとそのまま横になり煙草を吸いだした。外から入るはずの光を大きな布団の山が遮っている。

何かが動いた。小さなコタツから母ちゃんと妹二人がムクムクっと起きてきた。

自己紹介をする。「勝治さんに仕事をお願いしに来た野々…」

「兄ちゃんっ。この人にお茶入れんかいなっ」。母ちゃんが勝治さんに一喝。

自己紹介は必要なかった。

母ちゃんに怒られた子供の様に煙草を慌てて消して奥の台所にお茶を入れに行く勝治。

可愛かった。と同時に、あれ？ 何か違う？ と感じた。

妹二人はニコニコしたままコタツの上の飴を舐めている。

時間をかけて勝治さんに話を聞いた。

昔はタクシードライバーであったこと。

男たる者、長男たる者、家族を養ってなんぼやという信念。

畑と家事は母ちゃんの指示で行うと間違いがないという信頼。

地元の病院で寝られん時に飲む薬を貰っていること。

そして、先祖は大事にせんとアカンということ。

色んな物に溢れている家。でも、仏間だけは物がなく綺麗に掃除されている。

勝治さんの本気の暮らしがここにはあった。

妹を施設から戻したのは父親から家族を任されていたからなんや。

借金をしても地元の酒屋でビールを買うのは先祖さんが世話になったからなんや。


ある日。勝治さんから電話があった。妹が息をしてないと言う。

救急車を呼び、私も病院へ走った。

妹の好きなお餅を食べさせていたところ目を離した隙に喉に詰めたと分かる。妹は亡くなった。

初めて泣いてる勝治を見た。あの時、私は背中をさするしか出来んかったな。あんたは兄ちゃんやったわ。ほんまに。

翌月。もう一人の妹の持病が悪化。入院先で亡くなった。

そして、翌年。母ちゃんも。

勝治さんは独りになった。

仏壇の前で寝る様になった。

トイレに行かず居間で用を足す様になった。

暑い夏の日。一緒に泣きながら居間の便を掃除したなぁ。あんたとの最強の思い出やわ。

「すぐ来て」

いつもの乱暴な電話を貰う。仏壇の引き出しから出された二万円。地元の肉屋に連れて行けと言う。肉屋から出てきた勝治さんの手には二枚のステーキが。

無言のままコタツの上にコンロを置き、無言のままフライパンで高級ステーキを焼く。

焼き上がった二枚のステーキは仏壇に供えられた。そして「食ってくれ」と。

勝治さんの家族への愛やったんやな。

肩で息をしながらステーキを焼いたのは、勝治さんが死ぬ一カ月前やった。

九月に入って、勝治さんは死んでしもた。癌やった。

守られてきた家は誰もおらん様になった。

そして、私は色んなもんを貰った。

「なぁなぁ勝治さん。愛のカタチっちゅうのは難しいな。毎日、分らんことだらけやわ」

私を愛する男

～一九回目のプロポーズ～

「初めて言うんやけどな。ワシと結婚してくれへんか?」

今回で一九回目のプロポーズを受ける。

脳梗塞で倒れた一〇年前の夏。救急病院から帰った彼の時間は、今までと何かが違っていた。建築設計士という仕事を誇りに、それひと筋で働いて来た男。当たり前に、すぐに仕事に復帰した。体は動く、やる気も満タン。

しかし。何故か、仕事も役割も周りの人も、潮が引く様に減っていった。

復帰して六カ月目のある日。会社の上司から呼ばれ休職を命じられた。納得いかない彼は激怒し上司を殴り、休職はその場で解雇に変更された。

自分の周りがどんどん変わっていくコトに不安とイラ立ちはピークに達した。

働く場所を失った同じ日、自宅に帰ると物が無くなっていた。正確には、家族の物が無くなっていた。お茶わんもスリッパも歯ブラシも、全て彼の物だけが残されていた。

自分の周りで起こる変化に付いていけず、一人分の歯ブラシと彼は『ポツン』となった。

しばらくは、家にある酒とカップラーメンで生きた。そして、本当に何も無くなった。

ハローワークから電話を受ける。

「毎日、窓口で怒鳴る人がいる。誰が対応しても話が噛み合わない…」

会いに行った。今でもはっきり覚えている。初めて見た彼の姿。

ひょろりとノッポで髪の毛は乱れ、クシャクシャのワイシャツに汚れたスラックス。印象的やったのは、

左右の靴が違うこと。

ハローワークのカウンターで大声で喋る彼。

「見〜つけた」。私の中の心の声。聞こえたかの様に急に振り返り私を睨む。

五五歳。白髪も見える。大の大人がエネルギーを使って何かを訴えてはる。その〝何か〟を知りたい。

『仕事の相談』という都合のいいテーマを前面に出し、彼の訴えをていねいに教えてもらった。急に

怒り、謝り、また怒り、の繰り返しの話しっぷり。まとめると…

●急に誰も居なくなったコトへの理由を知りたいというコト。

●気持ちの底にある〝怒り〟をどうすればいいのかというコト。

たった二つやった。

あの日からかもしれない…と救急病院に一緒に行った。治療は終了している。しかし。

『記憶が保てない』『感情のコントロールが出来ない』『自分を認知出来ない』

ない・ない・ない。三点セットの評価が揃った。

ない・ない・ない。を変える必要はない。変わらない彼の中の〝ある〟を見つければいい。

自宅。一人分の物の三倍放置されたゴミと、何度も注文して何度も届いたと分かる全く同じ健康器具が所狭しとローカに六つ並ぶ。

色んな彼の中の〝ある〟が見える。

●ハローワークは職を探しに行く場所。だから、働いていた時のワイシャツとスラックスで行く。只、話すうちに気持ちの蓋が開いただけ。

●自宅のゴミは、倒れるまで仕事ひと筋人生やった彼。ゴミだしなんかは無縁の作業。だから、そのままゴミは溜まっただけ。

●仕事に就くには体力が大事。休んでいた期間を取り戻す為、健康器具を注文した。只、何度も思いが溢れる為、六回注文しただけ。

『働く気持ちがある』『人に伝えるコトバがある』『人を受け入れる心の器がある』

雨の降る午後。私の携帯が鳴る。

市役所から。彼が窓口で激怒し、空いていた会議室に一人で立てこもっているとのコト。

彼の携帯へ電話を入れる。荒い息をした彼が出る。

間髪入れず「今日、忙しくてお昼ご飯食べてないねん。まだやったら一緒に食べよう」と私。

「あっ、うん」と彼。

『彼は人を受け入れる心の器がある』…気持ちを怒りでなく私（野々村）に向ける。

その後すぐにドアを開け私の事務所に来てくれた。カップラーメンで遅めのお昼ご飯を黙って二人で食べた。

「うまくいくはずやのに、うまくいかん」
『彼には伝えるコトバがある』
少しずつ一緒に【ひろしの手引き】なるものを作っていった。
【自分の好きな所と周りからステキやと言われる所】○個
【自分の嫌いな所と周りから怒られたり指摘されたりする所】四六個
四六個を一個一個〝なんでか〟を一緒に解く。半分は○個側に入ると解る。

「やりたい仕事とやれる仕事の二択やなく、ちょうどいい仕事を考えへんか?」

『彼には働く気持ちがある』

今日で働いて一年二カ月になる。配送会社。

荷受け作業は、確認箇所が多すぎた。ドライバーの把握作業は途中変更ばっかりで混乱しかなかった。荷着の時間をドライバーが無線で言う。それを書き込む作業。分かり良い。毎回完結型。ちょうどいい。

「初めて言うんやけどな。ワシと結婚してくれへんか？」

分かりやすい私が好きな彼。

『記憶が保てない』…違うな。

五八歳。いつもいつも青春できる。うらやましい。

野々村語録──その三

あんたから聞きたい「もうアカン」

背中向けてる男前へ。
カッコつけんでもええねんで。
カッコ悪いことがサイコーなんやで。
つないでる手は離さんからよ。

私に時間をくれた男

～みっちゃんとてるちゃん～

「父ちゃんは五八歳で死んだ。

父ちゃんを最後に見たんは、父ちゃんが四八歳やった。病気が見える様になって一〇年ずっと病院のベッドの上やった。

じいちゃんもおんなじやった。じいちゃんは七年ベッドの上やった、ワシはいつまでやろなぁ～。

みっちゃん」


八〇歳の女性が、腰を曲げて、申し訳なさそうに立っていた。隣に座って話を聞かせてもらう。

長男のコト。現在五二歳。高校を卒業して、ひたすら印刷会社で働いた。一年前から体が思う様に動かなくなってきた。今は、ハローワークに通う毎日と…。

「うちの家は先祖さんからずっとそうなんやわ…」

腰を曲げ、視線を落としたまま、ため息の様に話してくれはった母ちゃん。生きる責任と一緒に引き継がれる病。自分の明日を見つめて、今日も働く先を探してはる。

私は、そんな男に会いたい。

心配する母ちゃんの声はもう本人には届かないと言う。ハローワークに行けば会える。

広い駐車場。何度も車を入れ直す一台の軽自動車がある。ようやく、納得したかの様に、車のエンジンを切り降りてきた小柄な男子。

彼や。とてもぎこちなく、ハローワークの入口まで歩く彼。自分の体に腹を立てているかの様に右手を左手で押さえて歩く。

声をかける。「仕事探してはるん?」

腹を立てたまんまの視線が私に突き刺さる。

「私、仕事してくれはる人探してるねん」

突き刺さったまんまの視線がちょっとだけ丸くなった様に感じた。思えば、この時から、彼の新しい働き方と生き方の深い旅が始まった様に振り返れる。

いくつも一緒に会社を見に行った。思う様に動かない右腕や左足は、勝手に思いと違う方向に動く様になっていった。

「もうちょっと待ってくれたらええのに」

このセリフを何度も吐き捨てる彼。そんな時、見学に行ったある製造会社の社長に言われる。

「うちの工場は立ち作業や。あんたは座り作業の方が向いてるわ。うちから福祉事業所に仕事を出してる。そこは座り作業や。あんたそこで気張ってくれへんか?」

彼の視線が真っ直ぐ社長を捉えた。強い視線や。

「分かりました。任せて下さい」

彼は地元の作業所で毎日働いた。めちゃめちゃカッコ良かった。ほんまに。彼が見ていた明日の自分は、誰かに任されたコト目の前のコトを通して、ていねいに生きる姿やった。

二年間、しっかり任された仕事をやり遂げた彼。

三年目からは、病院のベッドの上で私や作業所の同僚、仕事を任された社長の話を聴く事が彼の仕事になった。

色んなコトが分かった。三二年働いて貯金が殆どなかった。理由は、いくつもの生命保険に入っていたから。

八〇歳の母ちゃんだけになるいつかをずっと前から予測していた彼の愛に溢れた人生の段取り

やった。その事実を知った母ちゃんはいくつもの保険の証書を握りしめて泣いてた。

ベッドの上での時間を大事にするかの様に、出会った頃の寡黙な男はよく話す様になった。自分の中に重ねて来た声をていねいにコトバにしてくれていると感じた。

じいちゃんの時は分からなかったコト。

父ちゃんの身体を見る事を避けていたコト。

結婚をしなかった理由。友達をつくらなかった本当の意味。

そして、働くコトに拘ったのは、自分が出来るコトがあるという確認と気持ちに波を立て続けていたかったからと。

私は、すげぇ男に出会ったなぁ〜と思いながらベッド傍の窓の外を見た。

「ワシ、あんたをみっちゃんて呼ぶやろ。名字以外で名前を呼ぶのは小学生以来やねん。なんか、あったこうなるんや。許してや」

今日もすげぇ男はベッドの上で仕事をしとる。この男にしか出来ん仕事。

難しい病。回復する薬。知らんかった時間。私には手の届かんコトばっかりや。ごめんとありがとうの間に立つしか出来ん。
明日、バナナ持って行くし一緒に食べよう。なぁ、てるちゃん。

私にレッテルを貼る女

～自問自答～

お母ちゃんは昔、売れっ子の芸者さんやった。らしい。

お父ちゃんは出会った事ないけど、着物問屋の旦那はんやった。らしい。

自分とは何者なのか。生きていく価値はどこに書いてるのか。自分の中で探し続けてる。今も。

「ふーん。光子っていうんや。残念やけどその名前は、男運が無い名前なんやで」

人生がうまく行く一番良い名前にする為、一二回も名乗る名を変えてきた彼女。

私が出会ったその時は、一一回目の改名をして直ぐやった。

出会いは、アルバイトを探すという相談。自分の生きてきた時間を語ってくれた彼女。

両親の気品が高かったエピソード、小学校時代の担任の悪行、現在通っている精神科の医者のええかげんな診察。全部、自分の外の話。

あんたは何者や？

ふと、髪の毛をかき上げる目の前の彼女。左手首から体に向かって無数に傷付けられた生きている叫びの証を見た。

自分の中の話は左腕に刻んで確認してきたんやと知る。そして思う、その傷のひとつひとつを教えて欲しいと。男運の無い光子の勝手な願い…。

ずっとずっとお母ちゃんと二人暮らし。お父ちゃんの人物像は話す度に変更される。出会った事の無いお父ちゃんへ馳せる思いの大きさを感じる。

中学生になった時、学級でトラブルがあった。誰かの消しゴムやったか鉛筆やったかが無くなった。よくある話。担任からは盗んだことにする様に迫られた。芸者さんやった自慢のお母ちゃんとの二人暮らしは、よう分からん世間からのレッテルになった。

その日から、彼女はお母ちゃん以外とは生きないと決めた。一四歳の夏は特別やったらしい。学校は行かんまま卒業になった。けど、何も変わらなかったと言う彼女。所属はあの日から自宅なのでと中途半端に胸を張る。出会ったあの日も所属は自宅やった。

アルバイトを探す相談。「職探し」はとても都合のいい予定やと彼女から教わる。仕事を探している途中とは、終わりの無い「取り組んでいる」という姿勢がそこには存在すると言う。社会で生きなくても世間では生きないといけない…。

外からの色んな風が彼女の中に足跡を残し始めた。たぶん、二五歳ぐらいから。

気付けば何もしていない。お母ちゃんと生きると決めた事が、お母ちゃんの責任になっていく。時間を浪費する価値が自分にあるのか。答えはどこからも返って来ない、自分で返すしかない。

そして、自分への手紙の様に左腕に答えを刻んだ。

男運の無い光子からの勝手な提案。

お母ちゃんと生きると決めた事を変える必要はどこにもない。アルバイトはお母ちゃんと所属である自宅でやればいい。料理屋の割り箸を袋に入れる仕事を一人で担う。丁寧な仕事は評価が高い、そこに世間のレッテルは存在できない。アルバイトを続けて一〇年目の今年、お母ちゃんは七〇歳を迎えた。そして、彼女は四五歳になった。

電話が鳴る。

「光子。久しぶりやな。コロナ大丈夫か？　あんなぁアルバイトのカタチ変えてん」

お母ちゃんがアルバイトを定年退職。今のアルバイトはひとりでは大変なので料理屋で割り箸の袋詰めをして空いた時間に皿洗いを頼まれてやっていると。

新型コロナウイルス騒動で料理屋がピンチの為、先週からはチラシを撒いていると。

一〇年のお母ちゃんとのアルバイト実績は、色んな奇跡のものがたりを生み出す。

そして。一二回目の改名をしたと報告される。

名前は、お父ちゃんとお母ちゃんが付けた自分の名前にしたと笑う。

こんでえぇのか分からんままがえぇと思う。

「私の事を呼び捨てにする大人たちシリーズ」

おとな 2

~背の高いアリス~

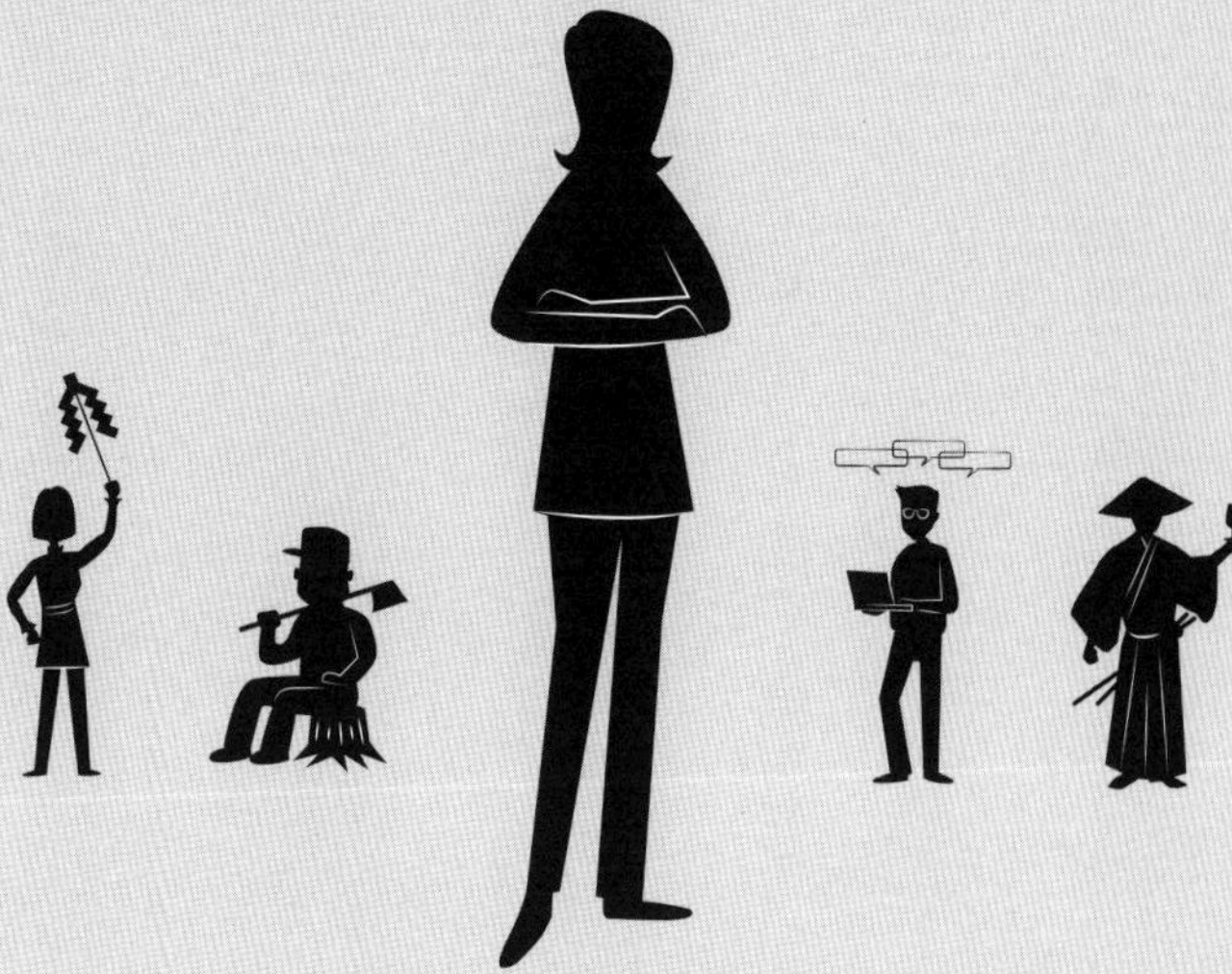

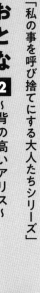

出会いの場面は覚えてないのに。

出会ってからの時間と学びが、今日もいっぱい溢れとる。不思議や。ほんまに。

「野々村~。ほんまにあんたは……」

いつも直球を投げられる。ボッコボコ(笑)。

ほんまに育ててもろてる。絶対本人に言わんけど(笑)。

絶対言わんついでに初めて彼女を語ってみる。

山の向こう側、モノの向こう側、金の向こう側、人の向こう側には必ず思いやら歴史やら未来やらがある。そう教えてもろて来た。

そんな彼女は。

背は高いし、服もどんな場面のコーディネートもセンスの塊やし、新しいコトを受け入れる懐もデカイし、ちゃんとした場所でちゃんとしたコトも言える。

そんな彼女は。スラっとしてる自分が嫌いやと言う。

そんな彼女は。山のコトに関わる毎日を生きている。

そんな彼女は。私のコトが嫌いやと強く抱きしめる。

そんな彼女は。「山には神さんがいはる」。そんな大事なコトを日常の中でサラリと話す。

いっつも身体も魂も細胞も全部使って生きる人。

大事なもんを探し続ける不思議の国のアリスみたいや。

背の高いアリス。本人に言うたら絶対怒られる。


寒い日やった。

夕方五時。電話が鳴る。

「野々村。なんでや？ 彼はこんなに丁寧に仕事が出来るのに、なんで自分は何にも出来んて言うんや？ おかしいないか？」

彼女の職場で働きもん男子が働く体験をさせてもろてる。彼は、スラっとしてて何でも出来る、出来ると期待されて出来なくて自分だけの時間の中で生きて来た。

そんなスラっとした男子と背の高いアリスの共通言語が見つかる。

自信なんか無い方が人生は丁寧に生きられる。そんなコトを知っていながらうまくやれんと肩を落とす。

今でも覚えてる。二人の後ろ姿。

スラっとした男子が、頼まれた仕事を失敗した。落ち込む彼の横で「失敗は落ち込む事やないんやで」と背の高いアリスが話してる。そして、彼女の肩もおんなじぐらい落ちている。

いつもそうや。向き合う目の前の人の気持ちと自分の気持ちを同じに持って行くアリス。

しんどい生き方に憧れる。

今日は、山の循環を目的にした間伐材を買い取る取り組み現場。

朝から背の高いアリスは、木を運んでくる地元のじいちゃんに「腰大丈夫か？」と声をかけ、私と一緒に来た働きもんに「手伝いありがとうやで」と挨拶をする。

目ん玉は忙しく動いて、あっちにこっちにずっと走ってる。

そして、走りながらじいちゃんには煎餅を渡し、働きもんにはアメちゃんを渡す。ほんまに抜かりが無い。この動きっぷりが、山も人も循環させてるんやと本気で思う。

一緒に居ると、いつも不思議な感じに包まれる。この感じ、何やろ。

背の高いアリスから見えてる景色を見たいと思いながら身長一四六㎝の私はいつも見上げてる。まだ一度も見た事のないその景色に思いを馳せる。その見上げる時間と顎を上げた状態が私を不思議の国に連れて行くのかもしれん。

今日も背の高いアリスは自ら不思議の国を創り出し、現実の国で何かを探すかの様に走り続けてる。

そんな彼女の背中を追い付けんけど今日も見つめてる。

こんな風に語られたと知ったらほんまに怒るやろな（笑）。

いつもありがとう。これからもボッコボコにしてや。

私を通い妻にした男

〜優しい孤独〜

出会いは衝撃的やった。
地元の市役所と警察署から同時に連絡をもらって会いに行った。
教えてもらった通り、車を近くの神社に停めて狭い路地を歩いて行った。
たくさんの警察官が取り囲む玄関先、おかげですぐに家が分かった。
小さな借家はデカい男たちでいっぱいやった。
その奥の少し暗い台所で静かに座っている彼を見つけた。
細い体の彼の周りだけ時間が止まっている様に見えた。

あんたは、いつも家を守ってた。
両親が拘留されてた間も、兄ちゃんが仏壇の前で自分で命を絶ったあの時も、いつも家を守ってたな。

デカい男たちは、彼の兄ちゃんの遺体を狭い玄関から運び出し、そのまま波が引くように居なくなった。

しばらくの間、静かになった借家で二人きりの時間を無言で過ごした。

台所の壁一面にキレイに積み上げられたカップラーメンと缶詰に圧倒され只々、それをボーっと見ていた。

警察からの話とSOSは、彼の父ちゃんと母ちゃんが人のモノを盗って警察に滞在中。

そんな最中、借金取りに追いかけられた兄ちゃんが大阪から逃げ帰ってきたという。

そして、頼る先を失った兄ちゃんは先祖さんが見つめる前で鴨居にロープを通した…。

近所から臭いがすると連絡が入り兄ちゃんを見つけ、その奥でカップラーメンを静かに食べる彼も見つけたと。彼の静かさとコトバの少なさにデカい男たちは戸惑ったんやな。

静かな彼の毎日にいきなり色んな音と人が雪崩れ込んできた時間やったんやと振り返る。

無言の中。

誰もおらん様になった家を変わることなく守り続けようとする強い意志が見えた。

勝手に見えた気持ちになっただけ。私の中で根拠のない自信が溢れた。

彼が生きた時間を知りたい。

しばらく、通い妻の様に家のドアを毎日ノックした。いつもドアを開けて招き入れてくれる彼は紳士的で先日やって来たデカい男たちより遥かに男前に思えた。

コトバは少なく全てのコトバの語尾は「～ですけれどもぉ…」という不思議なものだった。

そしてそれは今も変わらない彼のコトバ。

ある時、聞いてみた。

「困ってるコトってある?」

即答やった。

「何もありませんけれどもぉ…仕事をしてないんですけれどもぉ…」

(キタァ～★)働くコトは私の得意。心が跳ねた。

三八歳。

働き盛り年齢の男子との就活が始まった…と思ったのは浮かれた私だけやった。

「今日はラジオの調子が悪いので申し訳ないですけれどもぉ…」

「今日は雨が降りそうなので申し訳ないですけれどもぉ…」

「今日は仏壇のお花を代える日なので申し訳ないですけれどもぉ…」

通い妻は、いつしか玄関先で断られるセールスマンになった。

教えてもろた。違うんや。困ってる事は無いんや。通い妻の方がいい。

約束をせずに勝手にドアをノックする毎日の再会を彼は何も言わずに許してくれた。

そして、そんな毎日が彼の人生を少しずつ知る時間となった。


色が変わった昔のカレンダーを見つけた。彼に誰の物か問うと、昔に自分が働いていた会社で支給されたものだと話してくれた。もう二〇年も前の事やと言う。

自転車で近くの部品製造の会社で働いていた彼の姿と時間に思いを馳せる。

ある日、怪しい通い妻についてご近所さんが立ち話をされていた所に通い妻として現れた私。

彼との関係について話をさせてもらい怪しさをちょっと取る。

父ちゃんの人の好さは色んな人に利用されて来た話や彼が幼い頃から人と交わる事を避けて

来たコト。また母ちゃん思いの優しい人とも…ていねいに暮らしてきはったコトが分かった。

ある日、彼から突然電話をもらう。名刺に載せた携帯電話に初めてかけてきてくれはった。

「あの～両親が帰って来たのですけれどもぉ…」

父ちゃんと母ちゃんに会いに行った。二人とも頭を何度も下げてお礼を言わはる。

ほんまに人の好い両親なんやと分かった。そして、思い切って、彼に言うてみた。

「これで家は安心やな」。通い妻のこの一言が彼の「働くステージ」へのスイッチとなった。

あの日の出会いから一三年。父ちゃんは体を悪くして亡くなった。

そして彼は、変わらんスタイルで自分の暮らしと働きを続けている。

今年に入って、仕事を休みがちな彼。それは突然やった。一三年間で初めて彼からのショートメールを受け取った。

内容は、母ちゃんの行動がつらつらと書かれていた。だから最近仕事に行けないと。

認知症になった母ちゃんを変わらず優しい彼が支えている。けど、限界なんやと分かった。

母ちゃんの応援団に声をかけ、少し先の二人の暮らしを相談することになった。彼のおかげや。

変わらんちょっと暗い台所。変わらん壁一面のカップラーメン。
二三年前、母ちゃんが本人が困らん様にとストックしていたカップラーメンは、今は彼が母ちゃんが
いつでも食べられる様にと積み上げている。ずっと壁一面が家族愛やったんや。

「また仕事へ行かせてもらいますけれどもぉ…」

彼の優しいコトバが応援団をつつむ。

私をトキメカセル男

～人生の時間色～

いつも一番やった。ミスなんか何もなかった。だって、僕はこの町で唯一の医者の息子やもん。人生に付けたらアカンもんは赤点やったもん。


「野々村さんですよね？」

あるイベントの後、誰もいなくなった会場のローカの壁にもたれたまま声をかけてきた長身男子。

「ちょっと時間いい？」

高校生の放課後の待ち伏せ告白みたいやった。トキメイタ。

寒いローカで立ったまま自分の生きた時間について話してくれた彼。向かい合わせやなく並んで壁にもたれたままの二人の時間が妙にしっくり来て、トキメキは止まらずあんまり話が入ってこなかった事を思い出す。

もう一度話して欲しいと言う私に「えっ？」と目を合わせた男子のすっとんきょうな顔に安堵を覚えた。しょうがないなぁと再度出会う約束をして別れたあの日。

二回目の再会は約束通りの時間に彼がやって来た。デート的瞬間。

今回は立ったままではなく、しっかりと腰を下ろして話し始めてくれた彼。まず、先日の待ち伏せ告白に至った理由について話してくれる。

私を見つけたのは三年前とのコト。見つけた場所は、街角でも喫茶店でもないネットという世界の中やったと…ちょっと色気に欠けると返すと、最後まで聞くようにと諭される。

人に会わない時間の中に居た自分、対象は見えんまま何かと繋がっておく手段として持っていたインターネットに、野々村が浮上し繋がる対象となった。

『ひきこもれる力』『エコな暮らし』『働く力』『かっちょええ生き方』…関西のおばちゃんからの勝手なコトバは誰を思って溢れているのか知りたい、けど怖い時間が続いた。

ネットという手段では既に繋がっている事が変な安心に変わっていった。そんな時、隣町の公民館のイベントに野々村が来ると知った。

夜にすればまだ行きやすいのに、イベントは午後一時から。あの時はこっちの事を考えてないと真剣に腹が立った。

彼のそんなコトバに胸キュンやと返すと、まだ途中やと指摘を受けて黙る。

その後、ネットから知る範囲でのイベントへ時々出かけて観察したと話してくれる。それは、彼流の繋がり方で私にとっては新しい繋がり方やと学んだ。そして、三年経って待ち伏せ告白に至った事を知る。

スポーツも勉強もいつも一番やった中学校時代までの時間。

先生からも親からも世間からも「何の心配も無い」と言われ続けて胸を張っていた自分。

忘れられない高校受験に失敗したあの日の空の色。それからずっと、見える景色はあの日の空の色だけ。

医者になる。自分の人生から外せない大きな看板を自ら下げたと話す彼の眼は、自分にも周りにも、何にも期待してない色やった。

さて。私とのツナガリのカタチを色んなもんを超えて変えて来てくれた彼の気持ちを問う。

「そろそろ、知らんとアカンと思って」

このコトバが、彼が大事にして来たもんを象徴していた。

それは『普通』という見えない常識。普通のトップを走っていた時間が本来の走り続けるべき自分のラインやと信じて来た。いや、そのラインしか走った事が無かったんや。

彼は、二八歳。長身でそこそこイケメンのメガネ男子。

既に、ステキが揃っている事を伝える。更に、誰かに頼らず自分の時間を生き抜いて来た実績は誰にも奪えず減る事も無いと真っすぐに話す。

そして、彼からの返答メッセージは、「熱く言うてくれるのは嬉しいけど、実用性がないわぁ」…素敵で素直や。

そして、そんな実用性がないコトを丁寧に伝え続けて時間を重ねた。

どんなフォームで歩こうが、どんなラインを足して引こうが今までの自分の時間が変わらず続いてるだけ。人生は階段やなくローカ。そう、あの日の待ち伏せ告白をしてくれたローカや。

地域にある色んな『働き』や『地域アイテム』を一緒に見て体験した。

ネット世界での情報収集は得意な彼の頭と気持ちがパンクしてフラフラになる。胸キュンや。

ある日、彼から名言が飛び出す。

「なぁ。知るコトに幅があると、他人と自分と会社とその他と、登場人物が多いなぁ」

そして、彼はひとつのアルバイトを選んで就いた。最も苦手なスーパーでの品出し業務。これ以上、幅を広げる事がしんどいのか苦手な事に挑戦したいと思ったのか、選んだ理由をその時は聞かなかった。

ネットでは収集できない出来事が毎日起こっている。彼は、季節や人や社会情勢によって常に変化する仕事の現場の中に立ち続けている。

時々、一緒に酒を飲む。本格的デートや。

二年働いた彼にスーパーでの仕事を選んだ理由を聞いてみた。彼からは最も実用的な答えが返ってきた。

「タピオカって知ってるか? 俺は、ネットでしか見た事なかってん。知らんもんにいっぱい出会えるのがスーパーやねん」

彼は、社会の『普通』に合わさず、自分の『知ってる』を増やしていくコトにしたんやと知る。

素敵や。

「まぁ、色んなもん知っても何かに追いつける訳やないんやけどな」。後付けの様に笑いながらそんな話をする彼の眼は、ちょっと笑ってる。

出会った時に自分の人生を語った彼の眼と変わらん様でちょっと変わった気もする。

彼が新しく知るもんが増える分、彼を知る人が増える。

素敵や。ほんまに。

野々村語録―その四

しんどいとしんどいの背えくらべ

生きてるとキラキラなんかしてられへん。
うまいコト行かん時間が
色んなもんを超えて行く。
あんたのしんどいと私のしんどいと。
どっこいどっこいやな。

私が憧れる女《ひと》

～スポットライトはいつも隣に～

真夜中二時に携帯電話が鳴る。
電話の向こうですすり泣く女性。
声の主は、精神科に入院している男子の母ちゃん。
自分が死んで息子が病院から出てくる夢を見て不安に襲われたと泣く母ちゃん。

親戚の紹介やったんですわ。
あの頃は、だいたいお見合いで隣町に嫁ぐ事が「当たり前」でしたさかいな。

母ちゃんは初めて出会った私に、自分の人生について惜しまず教えてくれはった私が尊敬する女性。

二五歳で結婚。
二七歳で遅いと責められ長男出産。
二九歳で次男を出産。

田んぼと畑と家事と育児。

座る時間より立ってる時間の方が長かったと笑う彼女の皺の深さに笑えない自分が居たのを覚えている。


語られる彼女自身の人生のものがたりは、いつの時間を切り取っても主人公は彼女やない。

どんだけ、家族を大事にし世間の「当たり前」に合わせようとして生きて来はったのかが分かる。

丈夫で優しい男の子に育てたつもりやったのに…。

母ちゃんの人生が「今」に近付くと主人公のスポットライトは、長男に当たり続ける。

田舎には、暗黙の定義みたいなもんがある。

それは、例えば「長男」とは…。

長男とは、家を継ぎ先祖を守って行くしっかりした男である…でなければならない。自治会規約に書いてあるわけではないし、回覧で回される事でもない。

只、そんな見えん事が「当たり前」にある事実の真ん中に母ちゃんは立ってきはったんやと知る。

彼女から聞く話の中で一番多く登場するコトバ「私がアカンのですわ」。

息子は、家族にも周りにも大事に育てられた皆にとって自慢の「長男」やったと。勉強も運動も出来た、心配の種は蒔かれてなかったと。はずやったと。

高校二年の夏。

いつも通り家を出て学校に向かった…と思っていた家族に、学校から通学して来ていないと連絡が入った。今までに無い事に家族は戸惑った。父親は怒るし祖父ちゃんと祖母ちゃんは恥ずかしい事やと言う。只、母ちゃんは本人の気持ちに何があったのか知りたかったとその日の事を話してくれた。

遅くに自転車でひとり帰ってきた長男に、家族の心配の声が大きく突き刺さった。黙ったままの息子の体は大きいはずやのに小さく見えて、母ちゃんは何も言えなかったと声を落とす。

その日から、朝は起きなくなって学校へは殆ど行かなくなった。父親が何度も腕を引っ張り布団から出そうとするけれど、本人の気持ちは鉛の様に布団の奥底に食い込んだままやった。

その頃の母ちゃんは、本人の体がとにかく心配で毎日おにぎりを握って枕元に置く事だけを繰り返していたと言う。そして何度目かのコトバが出る、「私がアカンのですわ」。学校から先生が来ても会わず、友達が来ても会わず、次男の声掛けにも応じない。本当に貝になってしまったんやないやろかと思ったと。

結局、進学が出来ず中退になった。所属を無くした本人は独り時間の中で生きる様になった。そして父親の心配が爆発して怒りに変わった夜、本人の気持ちも爆発し大きな体同士のぶつかり合いになった。小さい母ちゃんは止められず泣いていただけやったと悲しそうに笑って話した。彼女の中での大きな出来事になった夜なんやと感じた。

家族の中での「長男」の役割は明らかに次男へ注がれ始めた。只、母ちゃんにとっては大事な息子に何の変わりもない。おにぎりを握り続ける母ちゃんは周りからの長男への怒りや噂の的になっていったと想像できる。そしてそんな彼女の時間に思いを馳せる。

今年で長男は五〇歳。母ちゃんは七七歳。

どこにも相談した事がなかったと話す。働いてない事は許されないという「当たり前」が色んな壁を高くしていたんやと分かる。

そしてようやく本題を切り出さはる。先週、彼が突然、自宅で自分の命を自分で終わらせようとした所を見つけてそのまま病院に入院になったと。

この先、私もおにぎりを握り続ける事が出来ん様になって行く。誰かに握って貰いたい。

真っ直ぐに話をする彼女は本当に強い人なんやと思った。


私はまだ長男に出会ってない。

まず、母ちゃんの…彼女の人生は彼女のものであり、どの時間にもミスはない事を知って欲しいと本気で思い彼女からのコトバを貰い続けている。

真夜中二時のたまらん気持ちを聞けるコト、おにぎりを握り続けたイミ。

ちゃんと長男に伝えていく責任を貰ってる時間や。早く会いたい、こんな強い人の息子に。

母ちゃん。

私が本人の手を握って一緒に帰ってくるで、母ちゃんはおにぎり握って待っててや。

頼むで。

私をファンクラブに入れてくれた女子

～一五歳のキミ～

前編「出逢い」

「コラッ。みっちゃん。ひとりでどっか行かない！」

そう言って、何度も私をみんなのお遊戯の輪の中に戻してくれたヒトミ先生。


約三〇年の時間を越えて先生から連絡をもらう。

「みっちゃん。お久しぶり。周りの人とうまくやれてる？」

変わらんヒトミ先生や。安心してもらおうと、周りの人とすこぶるうまくやれている事を説明する。

「あっそっか。それは良かった。それより、私の昔の教え子で周りとうまくやりたいのにやれん女の子が居るんやわ」

本題に突然入る。「何かうまく行かん人の応援をしている」と言うざっくりした情報から私に連絡をくれはったと分かる。

そして、主人公である彼女について幼い頃から周りに驚かれたり、笑われたりする事が多かったと話すヒトミ先生の声はちょっと寂しく聞こえた。

暑い日やった。自宅の前に広がる畑を通って玄関に辿り着いた。

玄関の右手に縁側がありその奥に床の間が広がる、どこの家も大体おんなじ田舎の田の字型住居。

玄関で声をかける。返事の代わりに右手の縁側から外へビキニ(?・)姿で頭に何かを被った彼女が裸足で飛び出してきてくれた。

なかなかな、色気と衝撃に満ちた出迎えを受ける。うまくやりたい女子は、間違いなくここで一五歳の夏を生きていた。

笑顔で自己紹介を始める彼女は一目で人が好きなんやと分かった。玄関からではなく、縁側からお邪魔する。この縁側のドン突きが彼女の陣地になっていた。縁側からの登場が納得できた。

ビキニ姿の彼女とコトバを交わす。マルちゃんと言う名前のピンクのうさぎのぬいぐるみを通してコトバをくれる。

その声はとても若く可愛い、なのに貰うそのコトバは色んな諦めを含み、寂しすぎて泣き叫んでいるかの様に私には届いた。

マルちゃんをうさぎやなく象やと言い張る彼女のたった一五年の人生を知るべく会いに通う。

会いに行くと、いつも変わらん風景がこの家にはあった。

真っ黒に日焼けした祖父ちゃんが家の前の畑で作業してはる。挨拶しても気付かん、背中しか見た事がない。

小柄な祖母ちゃんは床の間の仏壇に手を合わせてはる。孫である彼女の病が治ります様にと昔から治る魔法の石を買って神さんに頼んでくれてはると…。

そして、縁側のドン突きでマルちゃんを通して彼女と同じ時間の中に座る。

お天気と自分の気分はとても似ているという持論。小学校の先生に手紙を書き続けているという根気とその手紙を出した事が無いと言う事実。ずっと友達と思っていた友達は友達ではなかったと言う少女時代の真実。そしてずっと変わらんマルちゃんが親友になったんやと悲しい推察をする私。

彼女の若い大事な一五年間には、何故かいつも寂しい風が吹いてたんやと感じる。

そして、父ちゃんや母ちゃん、姉ちゃんに妹。一番近いはずの家族の話はしない彼女。

ある日、彼女の家族に会うべく、夕方を迎えるまで長く長くマルちゃんに真ん中に居てもらった。

妹が帰ってきた。今どきガール。

姉が帰ってきた。めちゃめちゃベッピン。

父ちゃんが帰ってきた。細身で長身。

誰も私に気付かないのか、気付きたくないのか、無言のままの不思議な集団が同じ屋根の下に居る感じやった。

そして、ラストは母ちゃんの登場。かわいい人。「ヒトミ先生に無理言いましてん。ほんまにすんませんなぁ～」と縁側のドン突きに向かって、走りながら喋りながら慌てている事を全身で表現しながら顔を見せてくれはる。

「この子は姉とも妹とも違って、勉強は出来んし、おかしなこと言い出すし、変わってますねん」

止まる事のない弾丸トークの始まり。

三姉妹の真ん中で小さい時からよく笑い人懐っこい女の子やったコト。でも、幼稚園に通うようになった頃から、三人での遊びは成立しなくなったコト。段々、学校でも地域でも「不思議な子」としての位置が彼女の場所になったコト。そして、中学卒業後の進路についてはよう分からんうちに自宅で過ごす事になったコト。

そんな彼女の一五年を母ちゃんは汗を拭きながら話してくれた。けど、そこには彼女の体温や意思の影には触れられず、彼女のほんまを見つけられんかった。

その代わりに感じたコトがあった。彼女の隣にはマルちゃん以外に彼女のあの笑顔を素敵やと彼女に伝えられる誰かが座らなアカンやん。

私は、彼女に女子高生になる事を提案した。出されていない先生への手紙の文章力やマルちゃんの服の制作など得意はいっぱい、働けない訳ではない。けど、彼女が自分を知り自分を大切にすると言うコトを彼女自身の中に育てる時間が必要や。

また根拠のない自信が私の中に生まれた。それから、若い彼女の一五年間を知った大人たちで

『知った責任を果たす応援団』を結成した。

彼女は一年遅れの女子高生になった。

いつも彼女の行動を意味も含めて包み込む女先生、彼女の不思議を一緒に説く大人男子、姉ちゃんや祖母ちゃんに「彼女の不思議は素敵」と伝え続ける私。彼女の周りには三年間でたくさんの大人も登場した。

勉強よりも、友人よりも、もっと大事な「そのままの私を知っている人」に囲まれるという時間が保障された三年間は、今も彼女の中で自信という大きな柱になっている。

そして、自分で進路の選択をしなかった一五歳の春はもう昔の事。彼女は「働く」というステージを自分で選択した一九歳の春を迎えた。

私をファンクラブに入れてくれた女子
～二七歳のアナタ～

後編「働くと愛」

紺色の細く長いジーンズ。真っ白なニット。大きめの落ち着いた小豆色のバッグを肩からかけた髪の長い女性がドアをノックする。

「野々村さんおられますか?」

若く可愛い声を放つ一五歳やった女子は、背の高い二七歳の働く女性として変わらずここに生きていた。

「お疲れさ~ん。今日も寒いなぁ。今日の夜は熱燗がええな」

汚れた太く短いジーンズ。伸びたトレーナー。天然パーマの小さい私がせわしなく彼女を迎える。

そして、ずっと変わらない人懐っこい笑顔を今日も返してくれる。彼女と出会って一二年目の冬を迎えていた。

一八歳。

たくさんの大人や、知らなかった自分に出会えた三年間の学生生活の終わりが近付いていた。

「あの子が会社で働くって言い出してますねん」。変わらず彼女の事をひたすら心配している母ちゃんから電話をもらう。

一年遅れの女子高生になった彼女と家族の距離は近付いたのではなく、色んなカーテンが開けられた時間になった。

先祖から引き継がれた田舎の一軒家を継いでくれる男の子が欲しかった父ちゃん。しかし、三姉妹の一家。そこで、父ちゃんは人一倍人懐っこい次女の彼女が五歳の時に未来の跡継ぎとして頼りにした。勝手に頼られた彼女が家族の中心で笑う時間が増えた。

天真爛漫な母ちゃんは、跡継ぎの心配よりも三回も回さないといけない洗濯の事や無くなりかけているトイレットペーパーの事で毎日がいっぱいやった。

そして、子供たちの世界が存在する幼稚園の中で彼女の不思議と大人たちの当たり前との間にギャップが生まれ始めた。

彼女の笑う場所は家族の真ん中から少しずつ端っこの方へと移動して行った。

女子高生になった彼女に聞いた事がある。

「父ちゃんと母ちゃん、どっちが好きなん?」

「私にとってお父ちゃんはひとり、お母ちゃんもひとり。ずっと変わらんよ」

彼女は笑顔で答えた。私は自分の質問に薄っぺらさを実感した。

彼女は生まれた時も幼稚園時代も今も、ずっと彼女から見える景色の中で生きて来ただけなんや。勝手な期待や世間の当たり前との溝に蓋をしたり色を塗ったりして来たのは、こっちから見える景色をフラットにして安心したいからだけやったんや。

たくさんのコトを大人たちに教えてくれた彼女の女子高生としての三年間が終わろうとしている。

母ちゃんからの発信は、彼女が福祉事業所ではなく企業へ出勤して働きたいという当たり前の希望への心配やった。

彼女と話す。

「私も働いてる人になりたい」。このコトバの奥にあるもんが少しずつ見える。

父ちゃんはトラック運転手。母ちゃんは食品会社でお漬物を漬けている。姉ちゃんはスーパーで食器を売ってる販売員。

彼女はずっと家族に憧れていた。朝早く家を出て一日働いて帰ってくる大人たちが彼女には目標やったんやと知る。

そして、彼女は働きたい場所を決めていた。

ある日、彼女から机の上に出された一枚の求人票。仕事内容は『洗濯』。卒業したらこの仕事をすると決めていた意味、彼女の中にずっとあった深い愛を私を含めた周りの大人たちは知り、また彼女に学ぶ事になる。

私が出会った一五歳の彼女は、ビキニ姿で生きていた。

勝手な私たちは、彼女のスタイルとして片付けていた。そのスタイルを知る事もせず制服を着て学校に通う彼女に勝手な成長を感じたりもしていた。

彼女のビキニ姿は、スタイルなんかやなかった。

いつも父ちゃんは仕事が忙しくて、家の事はいつも母ちゃんが走り回っていた。夜遅くまで何度も洗濯機を回して朝早く外に干す。その様子は当時の彼女の陣地である縁側のドン突きからよく見えたと言う。そして、自分が出来るコトは洗濯物を減らす事やと気付き実行していた。ビキニは究極の母ちゃんへの愛情表現と働く家族へのリスペクトやったんやと知る。

女子高生になった彼女は、家族全員分の洗濯を自分から買って出て母親から引き継いだと話してくれる。そして、そんな三年間は家族からの感謝や続けられるというブレない自信となった。


一八歳の春。

自分が選んだ企業に彼女は就職をした。

色んな企業で使われる制服やタオルの洗濯業務は自宅での洗濯とは量もスピードも大違い。

会社で働く彼女を訪ねる。長い髪は束ねられ、いつもの笑顔よりもっと強く優しい働く女性がそこには居た。

社長が彼女の働きを語る。

「面接の時にこの会社で働きたい理由を聞いたら、洗濯は誰かが必ず喜ぶからと答えたんやわ。働く基本をあの子は高校生で持ってたんやで。今も変わらんわ」

二七歳の冬。

働き続けて一〇年目を迎える彼女。

時々話す時間の場所に、仕事帰りに買ってきたとプリンを差し入れしてくれる。甘いプリンを食べながら、懐かしいとも取れる顔をして教えてくれた。

「この前、ヒトミ先生に手紙を書いたんよ。仕事がんばってる事と、ずっと部屋に座ってたマルちゃんとお別れした事も書いたんよ」

一五歳の彼女の唯一の親友やったピンクのうさぎのぬいぐるみ、マルちゃん。お別れした理由を尋ねると、会社の同僚や高校時代の友人と話す時間がいっぱいになって、マルちゃんに話しかける事がなくなったからと教えてくれる。

そして、書いても書いても出せなかった彼女の手紙は、ちゃんとコトバになってヒトミ先生に届いた。

一五歳の彼女の手を私に握らせてくれたヒトミ先生。二七歳になった彼女からの手紙を受け取った先生の優しい笑い皺が見える。

おおきに、ヒトミ先生。

「私の事を呼び捨てにする大人たちシリーズ」

おとな 3

~句読点が抜ける通訳者~

出会いの場面は覚えてないけど。

出会ってからの時間と、信じてもろてる気持ちで私は今日も生きとる。


東京から滋賀へ帰る新幹線の中。突然テーブルの上に置かれた五〇〇mlの缶ビール。

「野々村。飲め。飲みながらでええ。頭の中にあるコト喋れ」

そう言って隣の席でパソコンを開くメガネ男子。こんなインタビューのされ方ってあるか？（笑）

私の中にある考えや思いや妄想を社会に通じるコトバにしてくれる。私の最強の通訳者。

私をとことん信じてくれるこの男に色んなコトを教えてもろて生きて来た。

東京からの新幹線の中。

缶ビール片手に、偉そうに関西弁をひけらかす私。

ふとパソコンをのぞき込む。勝手な野々村語録が、思いを乗せてみんなに届くちゃんとしたコトバに変換されてる。ほんまにサイコー最強の通訳者。何か抱きしめたくなる私の通訳者。

大きなコンサルティング会社で働いていた彼。大事なチビッ子の暮らしを柱に置くため会社を離れて今の会社を自分で立ち上げた。チビッ子はもうすぐ二一歳になる。大事なチビッ子は、生まれて少しして人生に応援が必要やと分かったと優しい眼で話してくれた。大きな会社で働く自分時間と自分流が強いチビッ子時間は重なるコトが無いと知って、チビッ子時間に自分が合わせる生き方を選んだと言う。

そして、選んだ道は大正解やったといつも胸を張る。

立ち上げた会社もコンサルティングが中心。ある時、何で今の仕事を続けてるんか聞いた事があった。

「目の前の人のちょっと先の人生が良かったと言うてもらえるためだけ」。即答やった。

彼しかコンサルタントを知らん私は、こんなに足を運んでこんなに思いを聞いて、そしてこんなに考え抜く、こんな仕事は通訳者にしか出来んと思ってる。

私の通訳者は、優しく強い父ちゃんで、芯の通った社長でもある。そう、私が胸を張る。

「定年退職後の働きもんが働ける仕事が欲しい」「みんなが勝手に使える場所が欲しい」日本中どこを探しても売ってないマニアックで注文の細かいお願いをいつも私が口にする。理由をとやかく聞く前にいつもまずは考えてくれる彼。

そして、私が必要と思う妄想の実現化にいつもデッカイ愛をくれる。通訳するのはコトバだけやない。まさに私の真の通訳者や。

そんな彼が本を出した。理由を聞くと、感謝をカタチにしたかったと言う。

内容は、通訳者が出会った人やコトについてとことん掘り下げた読み応えしかない逸品。いつもそう。自分のコトやなく、周りを主人公にする。ズルい男。

一冊のこの本は彼そのまんまやとほんまに思った。

多くのコトバを持つ私の通訳者。もちろん言うまでもなく凸凹が大きい。キュンや。

新幹線の中で野々村語録が変換されていく。一年間の現場の毎日がひとつの冊子に見える化されていく。必ず文字化けと、あるはずの句読点が抜けている。誰かが必ずチェックする。不完全で居るコトの大事を体を張って教えてくれる。

このアンバランスさが私を虜にさせる。


句読点が抜ける通訳者から電話の初めにいつも言われる。

「野々村。いつもありがとう」

こっちこそや！ 昨日も今日もありがとう。明日も明後日もよろしくやで。

野々村語録—その五

今すぐ欲しい哀愁のニオイ袋

たまらんあの人に出会うと
必ず私の中に顔を出す切ない気持ち。
あの人に会えない時間。
欲して誰かに自慢したい。
手元にひとつ、哀愁のニオイ袋。

私のセンパイ
〜優しき労働者〜

シュッ

シュッ

シュッ

「みっちゃん、大丈夫?」

一面の銀世界。長いスキー板で直滑降をキメ、転んだ私に甘い声で語りかけながら右手を差し出す。

私、十五歳。

センパイ、二十二歳。

〝かっちょええ〜〟、若い自分の心の声を今も覚えてる。雪の白もセンパイの右手もキラキラしてた。

そんな優しいセンパイは、今日も周りからの視線を受け止めながら机の上に積まれた文字を自分の眼で追っている。

大学を卒業して、田舎の町役場に就職。言葉数は多くないけど、相談事がいつも集まる。長身のメガネ男子。働く人も窓口に来る人も、だいたい昔からの『顔見知り』。派手さはないけど、何とかしてくれるという『安心のレッテル』が縦長のセンパイの背中にはいつも貼られていた。

その日は突然来た。

暑い夏の夕方にセンパイの同僚から私にかかって来た電話。

「高速道路を逆走」「大きな笑い声」「警察と病院」「泣いてる奥さん」「パンク？ パニック？」繋がらない単語だけが雪崩の様に私の耳に押し寄せた。その単語を耳から心臓に送り、どこかで大きな何かが崩れる音を聞くことになるかもしれんという覚悟を持って教えられた病院まで走った。

センパイの命も誰の命もなくなってない事を知ってロビーの椅子に座った感覚は何にも例えられん。その後、座ったまんまで冷たい目をした警察官の説明を受けた。

職場の近くのインターチェンジから高速道路に入った、そこからパーキングに駐車して突然、パーキングの入り口に向けて走り出し逆走したらしいと分かる。

その日からしばらくセンパイには会えんかった。精神科に入院したセンパイに会えたのは一年も経ってからやった。

「みっちゃん、ごめんやったで…」

高速道路を逆行した事よりも精神科に入院してる事よりも、縦長の背中が横長ぐらい丸まってるコトが全部なんやと思った。

私は喋らんかった。病院の絵のひとつも飾られてない面会室で、時間いっぱいまでセンパイの声を聴いてるだけにした。

センパイが教えてくれた。働いて、結婚して、家買って、うまく行ってると言う見せかけの自分が許せん様になって行く時間がだんだん大きくなったんやと。色んな人が気持ちを投げてくれてる事に応えられん自分が情けなくなってだんだん立ってられん様になったんやと。

『顔見知り』『安心のレッテル』、ほんまや最強の二枚札や。

会えたその日から、センパイのちょっと先をいつも一緒に考えたいとたくさんの時間を貰った。泣いてはったセンパイの奥さんに、センパイは今も変わらず〝かっちょええ～んやで〟と返した。本気でそう思った、今も思ってる。

自分から「このゆびとまれ」と人差し指を掲げてる訳でも無いのに集まる色んなもんに、自分の色んなもんを越えて気持ちを使い続ける男。ほんまもんやん。

自分自身への厳しい眼も少し優しくなって来たセンパイは、もう一度、同じ職場で働きたいと言う。

「なんで？」

聞きたい気持ちを抑えて、センパイの復職に動いた。四角い建物の中でいつも同じ面々での仕事の時間、センパイに注がれる視線はあの日の前とは明らかに違う。どれだけセンパイは何も変わっていないと声にしても、縦長と横長ぐらい違う。

けど、センパイは働き続けてはる。定期的な精神科への受診も仕事が休みの土曜日に希望。

気持ちとからだの調子は、保てたり保てなかったり。奥さんからは心配の声しか聞こえて来ない。

復職しはって半年ちょっと経った時、一緒に受診した帰り道に昼ごはんを食べた。ずっと聞きたかった「なんで？」を怖いけど聞いてみた。

「そもそも、僕は役場で働いた理由があるねん。役場は一番近くで色んな人に『大丈夫か？』って声かけられる場所やねん。そんな場所やから働いてるねん。まぁ、役場でしか働いた事ないからやけどな…」。センパイは眉毛を下げて笑ってそんな答えをくれた。

「みっちゃん、大丈夫？」

あの銀幕の世界の、あの大きい右手が蘇る。色んな人への「大丈夫？」はセンパイの働く意味なんや。

働く理由は変わらんと言う当たり前、センパイは何も変わってないと言うてた私の握りしめてたもんがいかに薄っぺらいかを知った。

あの日、病院から電話をくれたセンパイの同僚から聞いた私の知らんセンパイの話がある。

「しばらく留守やったな。よう休んだ分、よう働けよ」

職場に戻ってきたセンパイに何時も窓口に来る地元のじいちゃんが窓口でセンパイに投げたコトバ。

そして、センパイが返したコトバ。「よう働ける様に、明日も来て下さいよ」


今日、役場に寄った。

センパイは私の方に背中を向けて、積まれた書類に眼を通してはった。変わらず黙々と。

そして、センパイの背中はシュッとした縦長やった。

私の右手を握る女子

~若い春~

五才の夏。

♪そうだ おそれないで みんなのためにっ 愛と 勇気だけが ともだちさぁ♪

夏が近づく六月。小さな居間の真ん中には、まだコタツが占拠しとった。テレビから流れる誰もが心躍るテーマソング。

〝ギュッ〟と母ちゃんのダボダボティーシャツの裾を握る小さい右手。あんたは五才やった。真っ黒で真っすぐな髪の毛が揺れて直ぐに顔の前に被さる。その髪を何度も横にかき上げる事を途中で諦めて、大人達の意味の分からん会話に目ん玉を動かしながら自分の居場所を譲らん決意を右手に込めてた。あんたは五才やった。

一六歳の夏。

♪キーンコーンカーンコーン…キーンコーンカーンコーン。キーンコーンカー…。

夏真っ盛り七月。山裾にある四角い学校。無言が続く会議室。机の上に何の答えも書いてない。そやのに誰もが机の上しか見てない。無駄な時間が流れる。

アカン。耐えられん。「本人はどうしたいんですか?」

細い担任の女先生が細すぎる声で答えてくれはる。「小学六年生でうちに来てから今日まで声を聞いた職員がいないんです」

アカン。耐えられん。「心の声は誰が聞いたんですか?」更に、誰とも目の合わん無駄な時間が流れた。

…キーンコーンカーンコーン…キーン…。

三才の春。

「歩けるのに、なんで抱っこせなアカンの?」

一八歳で児童施設を出て、実家で出産、母になった女性。父親は誰か分からんかった。保育園から帰って来た娘が膝の上に乗って抱っこをせがむ。

そんな場面の中で、私は母親の新しい仕事に向けた相談を続けていた。抱っこは歩けない幼児に対する行為だと言う彼女もまた、自分の母親に抱っこしてもらって来なかったと分かる。

彼女は、地元のスーパーで働き出した。抱っこのイミ、一緒にお風呂に入るイミ、寝る前にお話を聞かせるイミ。

ひとつひとつ、三才の娘にとって宝もんやと伝えていった。

母ちゃんの働く姿を三才のあんたと一緒に見にスーパーにも行った。少しずつ母親は母ちゃんになっていった。

そして、私は、そんな母ちゃんの寂しい気持ちの穴を見つける事が出来んかった。勝手な「頑張る親子」の姿を作り上げただけやった。


一二歳。夏の日曜日。

祖母ちゃんからの電話が鳴る。「野々村さん。あの子はどうしようもないわぁ」

昨日から母ちゃんが娘を連れて遠くに住む男性の家に行っている。この男性と暮らすことになったから、もう帰らないと電話があった。

あっけらかんとした甲高い声で事実だけを話す電話の向こうの祖母ちゃんの顔より、そのもっと向こう側に五年生になったあんたの顔だけが思い浮かんでた。

誰がかけても出ない母親の携帯電話。母親とその娘を知るたくさんの応援団の気持ちと心配が二人に向けられた…。届かん時間が続いた。

特別に暑い日の午後。

今まで行った事のない遠い町の福祉センターへ母親が娘を連れて現れた。連絡を受けて会いに行った。

今でもはっきり覚えてる。色白の親子の肌は真っ赤に焼けて、汗だくになった真っ黒い髪の毛は私が着いた時には半分乾いてもじゃもじゃになってた。

五才の時に母ちゃんの服の裾を握ってた一二歳のあんたの右手は、自分のティーシャツの裾を何度も何度も撫でてた。その右手を私はずっと見てるしかなかった。情けない大人や。

逃げてきた親子を男性から守る方法に選択肢は与えて貰えず、その日から親子はバラバラの時間をバラバラの場所で生きる事になった。

二〇二〇年夏。

♪キーンコーンカーンコーン…キーンコーンカーンコーン。キーンコーンカー…。

この無駄な時間を私は自ら望んで座ってた。児童施設で暮らして、隣の敷地にある四角い建物の特別支援学校に通う。そんなあんたの六年間と、ここを卒業してからの話が学校から聞こえてきた。

「どこの施設もいっぱいなんです」

私の中であんたは右手で服の裾を撫でたまんまやった。まだ、自分で決めたコトを聞いてない。自分で決めてもいいと伝えてない。あの日、母ちゃんの携帯電話に思いは届かんかった。あんたには直接届けなアカンことがあると根拠の無い自信を持って、四角い建物の中であんたを待つ事にしたんや。

誰も顔を上げない時間が時間切れになって、重たそうにドアを開けて入ってきた一七歳のあんた。

変わらん黒い真っ直ぐな髪の毛は腰まで伸びて前髪も腰まであった。先生に椅子を引かれても座らんあんたにマニュアル化された質問が始まった。

「今がんばっている事は何ですか？」「手芸をがんばってるんですよね」

「作業所への実習はどこに行きたいですか？」「少人数の作業所がいいんですよね」

「卒業したらどうしたいですか？」「今はまだ考えている途中なんですよね」

アカン。耐えられん。「毎日生きてんのはあんた。卒業したら自分で選べるし叶う。どうやねん」

見逃さんかったで。腰まで伸びた黒髪が動いて黒いのれんの奥のあんたと目が合った。

見逃さんかったで。そのまま私の机の上には紙一枚置いてない事に視線をずらしたコト。

二人だけの時間をもらった。大人たちが出て行った部屋は急に広くなった。

「なんで喋らんの？」ピクリとも動かんまま黒いのれんの向こうから聞こえた。

「言うてもアカンもん」

…喋れるやんっ。

小学五年生で急に始まった今の生活、祖母ちゃんの所へ帰りたいと言ったけど叶わんかった。だからもう何も言わなくなった。それから、誰からも喋らん理由を聞かれた事は無かった。一番イヤな事は目立つ事。一番嫌いな人は母ちゃん。

消えそうな声が消えん様に大事に大事に母ちゃんでも学校でもないあんたのコトを教えてもろた。コトバにすれば叶うコトがある。それは、自分で決めると言う自由と責任なんやと卒業までの時間を一緒に重ねた。

独り暮らしの祖母ちゃんの家から近くにある作業所に通う。作業所では調理の仕事をする。休みの日は、祖母ちゃんの畑を手伝う。お金を貯めてメガネをコンタクトにする。作業所で練習できたらどこかのレストランで働く。そのレストランに祖母ちゃんを招待する。


二〇二二年春。

作業所の玄関で声をかけられる。

「みっちゃん、おはよう」。肩まで切った黒い真っ直ぐな髪の毛を後ろにギュッとまとめた彼女。もちろん前髪はイマドキのぱっつん。そこに黒いのれんは無い。調理の仕事は清潔が命なんやと語る。まだまだ声は小さく消えそう。でも、大丈夫や、コトバにして届けるイミの大きさを彼女はもう自分の右手に握ってる。
そして、まだ彼女は気付いてない。スーパーで働く母ちゃんの背中を見た景色とおんなじ景色を
自分も祖母ちゃんに見せたいと思ってる事を。やさしいわ。

野々村語録―その六

オモロイなぁ たまらんなぁ

早朝五時にメールをくれる三二歳の男前。
「みっちゃん。今日から、からあげクンが安いで!」
早くから貴重な情報ありがとう。
自転車を買いに放置自転車で店に行って
捕まる男子七三歳。
歩いて生きよう。
いつもいつも私のツボにドストライク。

私の心におる男

～生き様ロックンロール～

「ワシは、雨に濡れた黒いカラスや」

一八〇㎝。細すぎる身体。虹色シャツに、ピンクのパンタロン。どこから見ても地味なカラスには見えん。

そんなあの人のいつもの口癖…、「ワシはカラス」。

道端でポイ捨てする学生にゴミを拾わせ、緑色のサングラスをかけ持論を唱えながら駅のゴミ箱で手に入れた経済新聞を読む。怪しすぎるピンク野郎。

出会った時から大好きやった。彼の生き様に触れてしまった私は、ドキドキしてた。戦争・平和・チャップリン。金持ち・ナチス・襟付きシャツの意味。

私の知らない彼からしか見えない景色を見たいといつも思ってた。自称カラスの世界。

田舎の土地持ちの家に次男坊として生まれたらしい。両親、叔父、兄。周りはいつも優秀な男が立っていたらしい。自分自身、勉強はトップの変わり者。隣に誰も座らない存在やったらしい。

らしい…のは、自分の人生にとって重要ではない時間はいつも曖昧であるという彼の名言。

自分の愚かさに気付いたのは中学三年の夏。担任から呼び出され、職員室で言われた言葉がある。「内申書に書くから体育祭でサブリーダーに立候補するように」

たぶん…、高校受験に向けて成績は心配ないが、協調性についてのエピソードが皆無の為、チーム力が必要な協調性を代表する体育祭の役割を持って内申書に書きたいという担任の意図。

彼は、高校受験をしなかった。何故受けないのか？　中卒でどうやって生きていくのか？

一五歳の彼に何百という大人達の質問の矢が刺さった事を想像し、抱きしめたくなる。

何で、高校受験をしなかったのか。その答えは私が出会ってからも言わん。自称カラス。

「ワシの事はブンタと呼んでくれ」

働き先を探しているとドアを叩いてくれたあの日に言われた。ボロボロのハット帽に薄紫のピチピチワイシャツ。長く細い足を象徴するピンクのパンタロン。

プロフィールを殆ど聞かない私に、経歴でも希望でもない『自分の考える平和とは』について疲れも見せずに三時間語ってくれた。今でも私にとって宝もんの時間や。

次の約束はしない主義と言われてドアを出て行ったピンク野郎。もう会えないのかもしれないと思わせるその背中に思いを馳せた。

二回目の再会は二カ月してからやった。「ワシの事はスペンサーと呼んでくれ」。あれ？ ブンタやないのか？

三回目の再会。「ワシの事はアトムと呼んでくれ」。

聞いたら負け的な気持ちを超えて、我慢できん…、「あんた誰やねんっ」。

ピンク野郎が優しい顔になって、いつもの半分のスピードで答えてくれた。

自分は誰のモノでもない存在でありたいコト。だからいつも尊敬する人を自分の中に握っているコト。ブンタは演じる事を貫く俳優、スペンサーはチャップリンを尊敬する呼び名。そして、アトムは、ヒトもモノもロボットも誰かに創られたという事実しかない。その象徴に敬意を払っているという持論。

家族とはもう四〇年会ってないと教えてくれる。高校に行かず所属を無くした次男坊に居場所は無く一八歳の時に見つからない様に家を出た。自分の意見を持つことも許されない優しい母親はもうたぶん九〇歳。今も毎月少しのお金が振り込まれると話す彼はカラスに見えた。一緒に働き先を見学に行った時、道端に咲いてたタンポポを根っこからていねいに引き抜いて私にくれた。「この花は特別や…」。そう言って優しい母親の事を教えてくれた。

家に電話をした事は四〇年間一度も無い。繋いでいるのは母親が作ってくれた通帳だけやと。

「昔はよう精神科に連れて行かれたもんや」と何でか、ドヤ顔で言う。

人と何かが違う事は病として扱われた時代を生きた男のコトバ。ドヤ顔の理由は、医者に言わせた「治らない」という一言を誇りに思っている為。やっぱり、かっこええわ。

八月。どしゃ降りの中、傘もささず走ることもなくやって来た彼。ワイシャツが濡れて肌に吸い付き、パンタロンの裾は色を濃くして重たそう。

「ワシの事はサスケと呼んでくれ」

変わるコトの無いいつもの時間が始まった。その日、彼は『人の愛』について教えてくれた。

自分の責任であるという一方的な感情を自分の目ん玉から見える全ての景色に持つコト。そ

うすると、ゴミを捨てる学生に声をかけざるを得なくなる。そうすると、日本の経済を知ってお
かざるを得なくなる。そうすると、通帳から金を下ろす時、泣かざるを得なくなる。これが人の
愛と言うもんやと。
私は思う。
自分の命に責任を持ちその責任に向き合うコトの出来る男のものがたりは愛に溢れとる。そし
て、そんな男から見える景色を見ていたい。
ドアを出ていく時に彼が言う。「ワシは、雨に濡れた黒いカラスや」
いやいや、心配無用。どっから見ても怪しいピンク野郎やで。

私を包み込む男

～曇りガラスの向こう側～

もう三日になる。窓の外は降り止まん雨。時間は午後三時。日差しが無い室内を蛍光灯で明るさを保つ。

「○×($・・)/~~△~~」

ドアの向こうから？　階段の下から？　雨の中から？　お神輿？『突撃！　隣の晩ごはん』？

いや、今は午後三時。それは、ドアの前で止まることなくそのまま室内に入ってきた。

そこには、長身の五〇代の女性と更に長身の二〇代の男性が立っている。

女性の手には、地元では誰もが一度は目にした事のある和菓子屋の紙袋が握られてる。

「ここでええな？」と女性が斜め後ろ上にある二〇代の男性の顔を見て確認を取ってから大きく息を吸い始めた。

「私の旦那はええ人なんですわぁ。頭は私なんかよりもそらええし、私みたいにガサツやないし。

休みの日には難しい本読んで過ごさはるんですわぁ。怒らはる事も無いし仕事もそらずっとずっと一生懸命してきはったし、誰が見てもちゃんとした人ですねん」。吸った空気をそこで出し終わったかの様にコトバも終わった。

もう一度、深く吸い込んで。

「それやのに、もう長いんやわ。初めは寝る為の薬やて言うてたのに、朝も昼も薬飲まなアカン様になって。私も子供らも、もっとええ医者さんを探し続けてますねん。これからどうなっていくんやろか？　教えてもらえます？　生きていけますやろか？」

心配が大きいと誰でもアワテル。愛が深いと誰でもトマドウ。

長身のお二人と一四六cmの私の三人で机を真ん中にまずは熱めのお茶を飲む。

「あっ。これどうぞ！」とくしゃくしゃになったあの和菓子屋の袋を机の上に出して下さる。

「大好きなやつですわ」と言いながら甘い賄賂をその場で頂く。心配の主人公である『旦那』について、少しずつコトバを足していってもらう。

名前の通った大学を卒業。工学部であったと何故か女性が胸を張る。可愛い人や。

卒業後は大阪の大きな企業で働き始めた。その時に彼女と出逢ったと話して下さる。大阪での企業戦士は、長身の彼女と結婚して長男・次男と家族が増えた。出世もしたし財産も多少出来た。実家の両親も都会で成功した息子を自慢した。

ここまでは、両手をあっちとこっちと時々、水色のハンカチを握って主人公の奥さんが話してくれはった。

「ボクは大学二回やったんです」

彼女のほんまに一瞬の息継ぎを見逃さず、隣の男性が隙間風の様に話に入ってきた。

「ボクは大学二回やったんです。あの時」

彼は、一家の長男で今は大学四回生。大阪の大学に通っているらしい。

あの時…とは。

雨の日の午後三時。今日みたいな日に父ちゃんは自宅に帰って来た。いつもならまだ会社で働いてる時間。大学が休みやった長男は父ちゃんに声をかけたらしい。父ちゃんは何も答えずスーツのまんまベッドに横になった。その日から今日まで父ちゃんは布団の中で生きていると。

何も答えない父ちゃんを真ん中に全部が止まったまんまやと声を小さくした。

会社を退職、父ちゃんの実家へ引っ越し、次男が通院に付き添っている…、止まってないやん！　めちゃめちゃ動いてるやん！

一回も「働いて欲しい」なんか言わん家族。

和菓子屋の紙袋、水色のハンカチ、主人公へのリスペクト。外はまだ雨。午後五時。


あれから八年ぐらい経った。あの日の主人公からメールが届く。

「明日のバザー、焼きそばやんな？　隠し味にビール持って行くわ。あまったら飲もう（笑）」

旦那で父ちゃんの彼は、長男の話してくれた「あの時」を覚えてなかった。気が付いたら、心配性の嫁さんと自分に似てる長男と、これまた嫁さんにそっくりな次男とが大量に炊き出される嫁さんの煮物を変わらず食べててくれたと…。出会ってからずっと後に教えてくれた。

彼は今、実家から自転車で通える場所にあるネジ工場で働いてる。工場長から彼のコトを聞いた事がある。「大阪でデッカイ機械を売る仕事をしてはっただけあるわ。部品の大事さをよう分かってはるわぁ」

間違いなく彼の人生はどの瞬間も必要やったと確信する。

私は嫁でも娘でも無い。けど、工場長からのコトバに何か胸を張ってしもた。あの日の長身の彼女が主人公の事を自慢した時に似てる。何かあったかいもんが残る。

明日は地元の祭りで焼きそばを焼く。

必ず手伝いに駆け付けてくれる彼。そして、いつも家族がその焼きそばを買いに来てくれる。

隠し味か。ええな。

野々村語録――その七

あの時のアイツに思いを馳せる

私が知らんこの人の今までの時間。
もう会えんアイツとの時間。
いつも「その時」を重ねてものがたりはある。

「私の事を呼び捨てにする大人たちシリーズ」

おとな 4

~御幣を持つジャンヌ・ダルク~

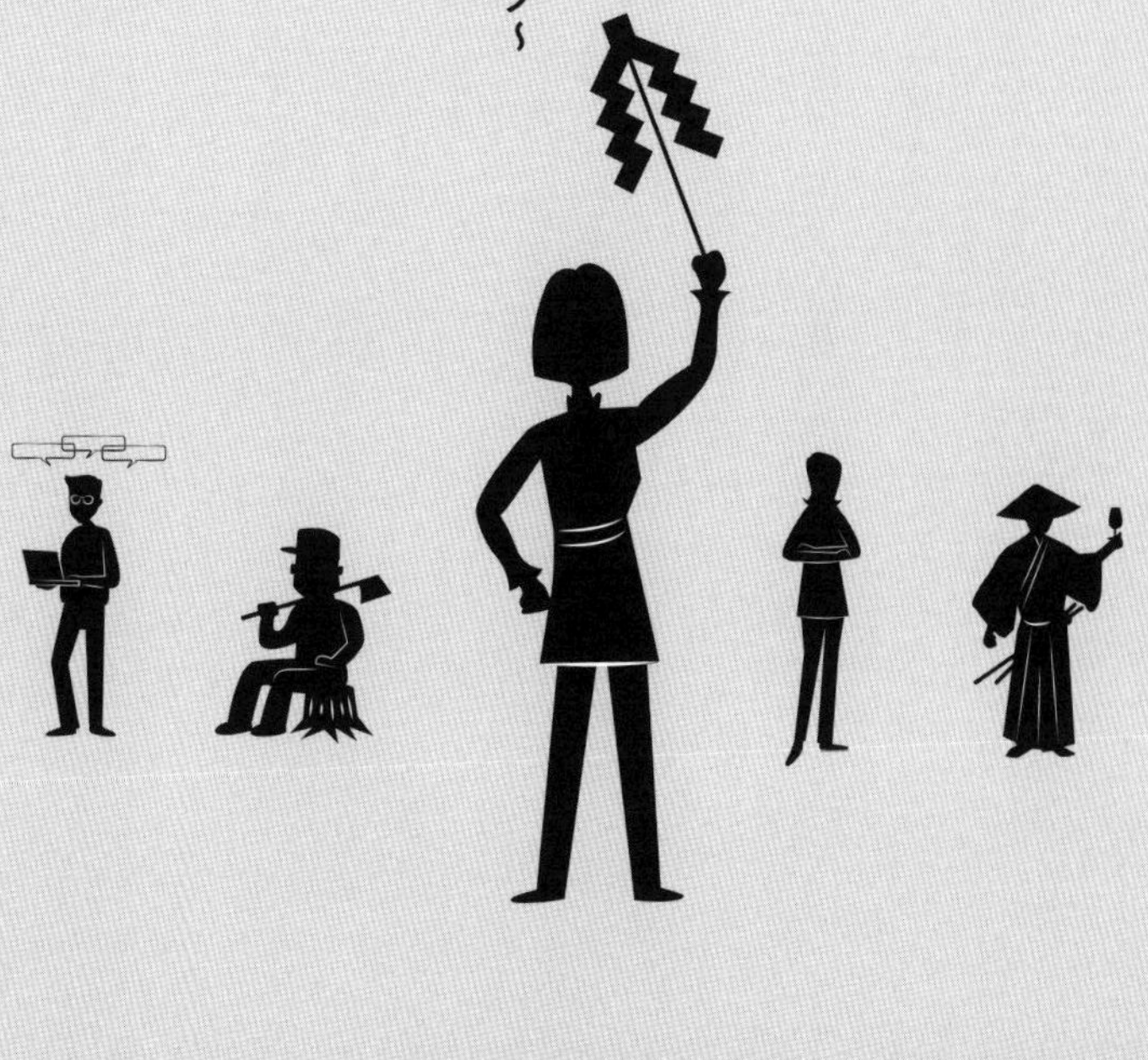

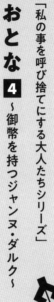

出会いの場面は覚えてない。

出会ってからの場面には、コトバと涙がいつもある。


カウンター越しに吠える私。うんざり顔の中年窓口担当者。

何も伝わらずの帰り道。空っぽの身体を預けるように会いに寄る。

ドアを開けるといつもの風景。必ずいつでも電話中。

「ちょっと待ってて。野々村はいっつもタイミング悪いわぁ」

凹んでる私に容赦ない。感謝や。

もう出す声もコトバも無いはずやのに、カウンターの向こうに伝えたかった何かを話す。

そしてそれは、デカイ宿題となって返ってくる。答えやなく宿題。

目力強く姿勢良く、私を野々村と呼び捨てにする大人女子。この人に出される宿題を受け取る度に考える時間を与えられてる。私の思考の指揮者や。

山のコトを考える専門家やった彼女は、いつの間にか人のコト地域のコトを考え動かす現場人になった。「山も人も全部つながってる、やってるコトは何も変わってない」とデッカイ名言をサラリと口にする姿勢の良い大人女子。

彼女にはいつも人が集まる。美人は罪やと目力強めで言う本人。いやいや（笑）。

彼女の発信には力と魅力があるらしい…。

私から見える彼女は何かちょっと違う。勝手に人が集まって来るんやない、人や場所に思いを馳せ、彼女が足を運んでその人や場所の大事に触れて来るから色んなもんが返ってくる。結果として人も気持ちも集まるんやと思う。

地域の色んな活動を紹介するイベントに参加した時、私が手を握る男子の母ちゃんと出会った。勝手に野々村が出るイベントにわざわざ来てくれたと声をかけた。

違った。大人女子が主催するイベントやから来たと。思い上がった私はそんな事よりも、あんまり人と出会う毎日を生きてない母ちゃんと繋がってる彼女の凄さに本気で焦がれた。

カウンター越しでも、四角い会議室でも、伝わりにくい場所ですぐに吠える私。

ある若い女子の「働きたい」の実現のため、色んな場所へ応援を求めた。求め続けた。

時には吠えた。吠え続けた。

けど、叶わんかった。自分の小ささに泣けた。泣き続けた。

隣を見たら、いつもは姿勢の良い彼女が背中丸めて一緒に泣いてた。そして言われた。

「周りが敵でいっぱいでも、私は味方や」

分かったコトがある。私は彼女の隣に座りながら背中を見てたんや。

筋が通ったジャンヌ・ダルク。

そんなジャンヌ・ダルクにはもうひとつの顔がある。巫女さん。

引き継がれてきた大事な役割。何か不思議な感じがいつもする。必要な新しいコトをすごいスピードで積み上げていく彼女。その土台には、先人の思いや色んなもんがしっかり詰まってる。ズルいなぁ。

旗やない御幣を持つジャンヌ・ダルク。うん。しっくりくる。

「どんな人?」ジャンヌ・ダルクについてよく聞かれる。

姿勢が良いと損をする。食事や睡眠、生活の全てがちゃんとしてると思われる。私は答える。

「しんどい事があった日は、閉店ギリギリのラーメン屋でスープに梅干しいっぱい入れて食べる人」

「足のむくみが取れるらしいと怪しいマッサージ器をその場で買ってしまう人」

「私が今日出会ったうまく行かん三二歳男子のものがたりを聞いて泣きながら笑う人」

「相手が誰でもおかしいコトはおかしいと筋を通して言うてしまう人」

「どんなコトになっても、ずっと味方でいてくれる人」


今日も帰りに寄ってみよう。絶対電話中やし、絶対宿題渡される。けど、会いに行く。

この前は、ありがとう。明日のアレもよろしくや。

私の肩を抱く男
～エピソードマン～

光と影のコントラスト
人物と背景のバランス
作品の全てはポジショニング

ちょっと小太りなカメラ小僧は蘊蓄《うんちく》がイケてると思ってる五二歳。

「統合失調症と言う名称は病気の症状を言い表しているのではない事を野々村さんは知っているのでしょうか?」…長っ!!

僕流をカバンいっぱいに詰め込んで歩く彼の背中は丸い。

そんな重く大きい彼のカバンは、鉄の刀。そんなにスラっとはしてない彼の短く丸い背中は、銅の鎧。私にはそう見えた。


「ガサガサガサ」

大きなお屋敷の大きな庭。手入れされなくなっても草木だけは元気に伸びとる。門に設置された壊れたピンポンを押す。鳴らない。

その代わり、茂りきってる緑の向こうから小さな影が音を立てて出て来た。

彼やった。

曇りきった眼鏡の奥の細い眼が私を捉えた。同時に私も彼を捉えた。

ずんぐりむっくりな二人の出逢い。有り難い事に目線の高さが同じ。運命や。

暑いジメジメした夏の日やのに家には通してくれない。ツルが巻き付く門柱にもたれながら話す。

名前と経歴を聞くだけで約二時間。汗だくで聞く何のスポーツか分からん状態の夏の午後。

とにかく蘊蓄が多い。

名前を聞くと、自分の先祖が武士やった話から始まる。

職歴を聞くと、大手企業でエンジニアをしていた時代の話を日本の経済事情を挟みながら話す。

話は長いしダルいし暑いけど、可愛くない男子やなぁと思うとちょっとオモロイ。

父ちゃんは高校教師やった。母ちゃんはピアノの先生やった。大事に育ててもろたと細い眼を更に細くする彼。

父ちゃんは四五歳で亡くなった。今は母ちゃんとの二人暮らし。大学を出て誰もが知ってる大きな会社で働いた。ほんまに一生懸命働いたんやと話してくれる。

そして、心を壊したら頭も体も壊れた。僕が弱かったんやと今度は細い眼を閉じた。

彼は絶対、自分の働いた会社や今まで出会った人の事を悪く言わない。蘊蓄を言う神さんみたいな人や。

そんな暑い夏の日から始まった私たちの関係は、今年で一七年目を迎える。

一七年間、一度も働いてはいない。でも彼の分厚い手帳には私との予定時間は必ず「就活」と書かれている。風情しかない。

蘊蓄を言う神さんは、トラブルに巻き込まれる天才でもある。

定期的に精神科へ通う彼の帰り道はいつも決まったコース。その途中で声をかけられた。

「お金を貸して貰えませんか？　子供がけがをして病院に行きたいけれどお金が無いんです」

子供はいないし女性は明らかに一〇代。怪しいやん。

「それは大変ですね」と有り金を全部渡して自分はバスにも乗れず自宅まで歩いて三時間かけて帰ってきた雪の日。

「野々村さん。今日の朝にはこんな事故を起こすとは思ってなかったんやけど、いつもの朝食と違うモノを食べた事でこんな事になったのかもしれん。明日からは…」

彼からかかってきた電話。蘊蓄を削り落とすと、前方にはバス、後方にはタクシー、その間を自転車で走っていた彼。ブレーキをかけたバスに突っ込みタクシーに突っ込まれたと分かる。急いで警察へ駆け付けた春の日。

いつも「なんでかなぁ」と考える。優しいだけでは集まり様のない事ばっかり。

彼はその度に落ち込む。そして私は肩を抱く。

ある日の夕方、警察からの電話が鳴った。

蘊蓄を言う神さんが捕まった。神さんやで。捕まるんか？ と自分の中で自分の声がした。

誰かにお金を貸したんでも、バスに突っ込んだんでも無い。ストーカーやて。神さんがストーカー。

そんなトラブルあるんか？ また自分の中で声がした。

警察に着いた時にはもう空は暗かった。通された小さい部屋に神さんはおらんかった。代わりに私がアホほど色んな事を聞かれた。蘊蓄はどこにも無いほんまにオモロないやりとりやった。

ストーカー。女子高生たちがカメラを持った男に追いかけられたと言う事件になってた。そして対象者は精神科へ通っている無職の男。

色んな話の末、神さんと出会えた。こんな場面でも蘊蓄から始まった。

カメラ小僧の彼は自慢のカメラといつもの重たいカバンを持って夕焼けを撮りに行ってた。そこを学校帰りの女子高生たちが通った。オッサン盗撮するなと言われて夕焼けを撮っていると言う長い説明の途中で走り出した女子高生たちに説明を口にしながら自分も走ったと…。

誤解は解け、一緒に帰る事になった。

二人きりの軽自動車の中、無言の帰り道。承諾なくラーメン屋に入った。カウンターに並ぶ。

ラーメン待つ間、何でか知らんけど泣けてきた。そんな私の肩を神さんが抱いた。

「学生さんに怖い思いさせたわ」。そう神さんが蘊蓄なしに呟いた。トラブルが集まる理由が初めて分かった気がした。

門柱をくぐり緑を抜けた先の大きなお屋敷。広い和室で、今日も蘊蓄が挟まった神さんの長い話を聞く。

そして次出会う日を几帳面な字で手帳に書き込む、「就活」。

私を自分の世界に連れてく男

～男気と言う服を着る～

桜がええなぁと思う訳。

薄っぺらいピンクの花びらに心は踊らず、ピンクを支える枝分かれした黒い幹の存在が浮き立つコトに気持ちを持って行かれる。

桜の強さがええと思う。


「だいたい女は桜が好きなんですよ」「何で？」「そりゃあ、ピンクはヒラヒラしてるからでしょ。僕の昔の女も好きでしたよ、桜」

このやりとりのステージは、拘置所の面会室。二人の間にある、透明性の高い分厚い壁が色んなコトの邪魔をする。

二五歳。男子。身長一七五㎝…イケメン。髪の毛はまだらに金髪…かわいい。擦り切れたティーシャツに伸びたジャージ…エコやな。


噂は聞いてた。

地元の高校から地元の製造会社へ就職したけどうまいこと行かんかって、それから地元のコンビニやら国道やら駅前やら、いつもどこかで誰かに目撃されるチャリンコ男がおると。

そして、夏の暑い日に出逢ってしまった。彼の手を握ってうちのセンターのドアを叩いてくれたのは、高校時代の担任の先生やった。チャリンコ男にずっと道案内人が居てた事に勝手にたまらん気持ちになったのを今でも覚えてる。

自己紹介は「大阪でホストしてます、ケイです」、やった。仕事してるんやん。濃い紫色のワイシャツにラメ入りの黒スーツでの登場。田舎のセンターに出入りするにはちょっと刺激的過ぎる。けど、その隣で背中の丸い先生が付け加える。「今日は気合入れて来てくれたんですわ」。そのコトバにスーツのラメが光って見えた。

昭和に出来た田舎の団地で生まれた彼。活発な姉ちゃんと優秀な弟に挟まれた長男坊。長男として、家を守り大学へは行かず早く働く為に進学校へは進まなかったと、誇りを持って話してくれる。

けど、ほんまは。高校への進路で勧められた特別支援学校への選択は家族にも本人にもなかったと分かる。

高校時代、彼は友達と田舎の若者の溜まり場である駅前ファーストフード店でたむろする毎日やったと口に入ってないはずのガムを噛みながら話してくれる。

けど、ほんまは。他の生徒に後ろから付いて行ってハンバーガーを奢る日々を生きていたと分かる。

そして、彼の人生のものがたりは社会人になってから今に至る。ラメ入りスーツの訳を知りたい。

地元の製造会社は自分には地味過ぎて自ら辞めたと語る彼。先生からは、会社から高校へ引き取りに来てくれと連絡があったと語られる。そのコトバにびっくりした表情で「ふーん」と頷くラメスーツ。

今は、夜になると大阪のホストクラブで働いていて、ナンバーワンを目指しているとスラスラ話す。

そのほんまは、大阪のキャバクラでカモにされて両親がその借金を返している日々。

家族との喧嘩は絶えず大阪から帰ってくる朝に警察が仲介に入る。トホホな毎日やと分かる。

けど。何やろ。彼は嘘をついてるのか？　何か違う。彼の「つもり」はどこにあるのか。知りたい。

さて。働くで…のすぐあとやった。

自分の生きたい道はいつもぐにゃぐにゃしてててちゃんと走れへん。そんな何ともならん気持ちを働くコトにぶつける前に社会にぶつけてしもた彼。迷惑行為に気持ちや背景は関係ない。

桜がもう散るでと声をあげる中、透明な壁を挟んで彼と話した五年前の春。

「何でこんな事になったのか」は聞かんかった。彼に手を握ってもろてるつもりでいた自分の右手を情けない気持ちで睨むだけの時間やった。

彼の「つもり」を知る責任がある。その責任は独り占めせん。

そう決めた春の日から、彼を知ってる人が地域に増えた。チャリンコ男としてではない、ホストケイとしてでもない、共に生きる地域の奴として彼の「つもり」を知る時間をいっぱいの人で重ねる。今日も。

ネットの情報をストレートに受けて、ホストが男の仕事の中で一番やと本気で思ってた彼は今、小さなネジを数えて袋に入れる仕事を仲間と一緒にやっている。時々、気になる事に手を止め足を止めるけど大丈夫。「次はこのネジやで」と必ず誰かが声をかけてくれる。

黒いラメ入りスーツは今も部屋にかけてある。自分に似合うスーツで誰かに会う事が失礼に当たらないという男気溢れた彼の「つもり」がここにはある。いざという時に着る準備はいつでも出来てる。


今年も春が終わる。

今週の金曜日は、時々彼からみんなに招集がかかる〝男の決意発表の日〟。前回は、「NHKのど自慢に出る」やった。今回は何やろな。

あんたの歩いてる道はぐにゃぐにゃのままやけど、右手も左手も誰かの手を握ってくれてる。

ありがとう。

暑い夏が来るで。汗かいて生きよう。一緒にな。

野々村語録——その八

どんな人生にもミスはない

生きてきた時間は
誰かがごちゃごちゃ言う事ちゃう。
必ず主人公の命の証。
初めて出逢う時にいつも思う。
まずはあんたの今日までにありがとう。

私を待たせる男
～風呂上がりのボクサー～

田舎の駅前ロータリー。

田舎最大の交差点。

時間は夜二三時。

今日も横断歩道をチャリンコローリングする彼を信号機が三色のスポットライトで照らす。

チャリンコローリング…巷では有名。でもない。

横断歩道を渡る。右手の信号が青になるのを待つ。渡る。そのまた右手の信号を待つ。渡る。

エンドレスに横断歩道を渡り回れると言う交差点ならではの楽しみ方。

夜風を切る彼の顔は、私をたまらん気持ちにさせる。


「小さい時から動かん・喋らん・前向かん。そんな子やったんですわ」

小柄な父ちゃんと小柄な母ちゃんが小柄な本人と並んで話してくれる。

可愛い家族に見えた。けど、本人にとって辛い毎日の中での出会いやった。

地元の中学校を卒業して少し遠いところにある施設で暮らした彼。自分の「つもり」をとても大事にする彼の一五歳の「つもり」は通用しなかったんやと思いを馳せる。

夏でもシャツのボタンは上までしっかりとめる。前髪は目の上スレスレを保つ。靴はいつでもどこでも一足で履き切る。

そんな真っ直ぐな彼が一八歳の時初めて「つもり」を口にした。

「家から働きに行く」

彼は家に帰りたかった。そやったんやな。

一八歳の彼は家に帰った。けど、働く場所は、施設の更に向こう。勝手な大人たちの決定に今も悔しい気持ちが残る。

家を朝四時に出発し、始発電車に乗って会社へ向かう。精一杯を通す彼は遅くまで働いて最終電車で帰って来る。三年間、続けた。三年も、続けた。

小柄な母ちゃんが言う。

「会社の偉いさんから家に電話があったんですわ。ずっと会社に来てないて」

会社からの電話を受けた父ちゃんと母ちゃんは家から会社までの道のりを探したと言う。そして、その道のりがあまりにも遠く長い事を初めて知ったと言い黙ってしもた。

彼は変わらず隣で黙って下を向いたまんまやった。まだ、顔を見せてくれへん。

毎朝四時に家を出る。そして、会社へ向かってた爪先はいつの間にか、駅のホームやなく駅前のスーパーの軒下へ変わっていった。

「もう限界や」

そんな気持ちをコトバにする為の時間を彼は貰う事が出来んかったんやと分かる。

何ちゅう静かで強いんやろう。まだ顔を上げない目の前の彼に聞いてみた。

「毎日、母ちゃんのご飯は美味い？」

ゆっくり顔が上がって。聞き逃さんかったで。「…うん。まぁ」

そしてまたゆっくり下を見つめ直した彼。アカン。虜や。

ちょっとずつ、ちょっとずつ。

彼の「つもり」を真ん中にちょうどいい生きる時間を探して重ねて行った。

出されたご飯は絶対残さない。究極のめんどくさがり屋。見られたくないのに気にしない…。

色んな大事と素敵と上手いこと行かんが見つかった。

大家族の彼は、いつも家族を優先する。だからお風呂はいつも最後。だからめんどくさがり屋が顔を出す。今日でめんどくさいがほんまの臭いになってもう八日目。そやのに、めんどくさいの奥にある「お風呂大好き」は変わらない。ほんまにあんたはオモロイなぁ。

そんな彼と応援団で月に一度の日帰り温泉に通ってもう一〇年になる。

入浴までに二時間。トイレ行ってジュース飲んで準備する。長いやろ。

入浴に二時間。ジャグジーにもサウナにも入らない。一か所集中型入浴。どやねん。

脱衣所で一時間。のぼせた身体を休ませる。「立つんだ立つんだジョー」状態が続く。

ひたすら風呂好き男を待つ体が冷え切った、彼を愛する応援団。

下を向いてたあの日から、顔を見せて私らの手を握ってくれたコト。ほんまにありがとう。

そんなコトを思いながら冷えた身体で彼を待つ。遅いなぁ〜。

ちょっと前に小柄な父ちゃんが人生を卒業しはった。

まだまだ心配をいっぱい残しての卒業やったと思う。大家族にしては寂しいぐらいのお葬式やった。そんな中、彼の応援団が何人も父ちゃんに会いに並んで彼に声をかけた。

私は手を合わせて、父ちゃんに言うた。

「息子に出逢わせてくれてありがとう。ここにいるみんなが思ってるで」

彼は今、自宅からチャリンコで掃除の仕事に行ってる。彼の「つもり」の小さな声を聞こえるまで待ってくれる同僚と一緒に働いてる。

休みは大好きなスーパーで自分の決めた安定の過ごしを送る。心地よい場所は長居し過ぎて閉店から開店まで過ごしたと言うミラクルな伝説も存在する。

真っ直ぐで静かな男は何故かエピソードも欠かない。


たぶん。

ちょうどいいが見つかったんやと思う。

時間は夜二三時。駅前の居酒屋で飲んだ帰り道。チャリンコローリングを楽しむ休日前夜の彼を見つけてそう思う。

今月の日帰り温泉は今度の金曜日やで。しっかり立ち上がってや、ジョー。

私が愛しむ男

～切なく優しいネタ帳～

〝あの時〟の事を一度も話さない彼。

この先もずっとコトバにはせんかもしれんな。うん。そんでもええ。


「新ちゃんのお嫁さん、なんであんな真っ白やの？　お化けみたいやなぁ」

私が小学一年生の秋、叔父の結婚式で白無垢の花嫁さんを見て言った可愛いひとこと。

母親に腕を抓られ怒られた記憶が遠い遠いどこかから秋風と一緒に蘇った。

四〇年も前の記憶を運んで来たのは「場所」やった。そう結婚式場。

ちょっと前まで田舎の結婚式は、だいたい神社でやってその後、大広間のある仕出し屋で披露宴の流れやった。

私の大好きやった新ちゃんも、いつもの作業着から袴に変えて大広間の一番奥に座ってやった。

その大広間が、今私の目の前に広がる。

もう長い間、誰もここで宴会をしていない事を畳の上の埃が教えてくれる。

誰も来ない結婚式場。

そんな場所を大事に大事に守って来た男と私は出会えた。今でも奇跡やと思ってる。ほんまに。

色白の男前のメガネっ子。

優しい瞳はいつも何かを見つめてる。決して見つめてるモノを見せてはくれん。セクシーな奴。

「腕のええ大将やった」「ほんまに可愛いおかみさんやった」

彼にとって、父ちゃんも母ちゃんも憧れの大人やったんやと思う。

器量よしの母ちゃんは無口な父ちゃんの念願を支えて、二人で地元に愛される仕出し屋を構えた。彼は二人の姉ちゃんを持つ一番末っ子の長男坊。

優しい瞳はその頃から、間違いなく父ちゃんの背中だけを見てたんやとはっきり分かる。

大きな敷地に小さな居酒屋も拵えた父ちゃん。

新ちゃんが言うてた。大将の後ろで若いボンが父ちゃんに怒られながら仕込みしとったって。

しばらくして器量よしの母ちゃんが倒れた。突然やった。そして、そのまんま母ちゃんが病院から帰ってくることはなかった。

無口な父ちゃんと無口な彼。二人の暮らしがどんな時間やったのか。思いを馳せても見えて来ん。

居酒屋を続ける父ちゃんに必死について行った彼の背中を追いかけても追いつけん。そんな思いになる。


〝その時〟は彼の日常の中に急に飛び込んできたんやと想像する。

いつも通りに買い出しから帰って来た彼の眼に、いつも見つめる父ちゃんの背中は厨房の上の高過ぎるとこにあった。倒れた椅子と動かん父ちゃんの背中。

一番最初に父ちゃんの冷たい背中に手を当てた彼の「何か」はまだその時に置いてきぼりになったまんまや。悔しすぎて泣けてくる。

勝手に人生を卒業した父ちゃんにはうまく行かん事があったんやろうと聞く。そらそやろ。けど、私は悔しすぎて泣けてくる。

何台も停められる駐車場、デッカイ大広間にいつでも始められる居酒屋。外の壁にツルが巻こうと、色んなもんに埃が溜まろうと、あの時からずっと独りで守ってきたこの場所で彼は生きて来た。今でも父ちゃん宛てに届く書類もハガキも綺麗にきちんと取ってある。

やっぱり悔しすぎて泣けてくる。

「今日もぼちぼち行こかぁ〜。まずは一服からやな」

そんな脳天気な挨拶で彼の玄関のドアも気持ちのドアも開けて来るもうひとりの男がここに居る。もう使わんデッカイ大広間を何とかしてあげたいと言う周りのお節介を蹴飛ばす、そんな乱暴で熱い応援をしてきたこの男。通称、野々村の同僚。

〝あの時〟が自分が生きて来たコトもゼロにしたと思ってきた彼に、「お前はサイコーや」とだけ言い続けるこの男もまた、悔しすぎて泣けてきて何かに吠える。

彼にとって父ちゃんは完璧やったんかもしれんと話す。どんな仕事も一〇〇%やないと働きに出たらアカンと思ってる彼の奥を男が見つめる。

そんな彼の隣に座り続けて八年目の今年の夏、地元の祭りでポップコーンを売る仕事を頼まれた男。愛想も無いポップコーンなんか作った事も無い。男は彼に助けを求めた。そして、その日に結成された男二人組『Team ポンコツ』。なんちゅうコンビ名や。その訳を男が嬉しそうに教えてくれた。今日も自分はアカンと言う彼に男が聞いた。「今日のお前は何％や？」「九〇％や」と彼が答えた。「一〇〇％やなかっても働けるコト、俺もお前も一〇〇％なんかにいつまで経ってもならんコト、父ちゃんも一〇〇％なんかやなかったけどカッコ良かったコト、ポンコツでも生きていけるコト、そんなぎょうさんのコトを込めてる」と。九〇％の十分なお前と一〇％の俺でやれる。

そんな男に最近彼がほろ酔いで電話をしてくる様になった。

「もしもし。ポンコツの片割れですか？ こちらポンコツの片割れです」

そんな電話を本気で笑って受ける男について優しい瞳の彼に聞いてみたコトがある。

「アイツってどんな奴？」「僕の片割れです」。直球が返って来た。

彼の追いかけて来た父ちゃんの背中は今もこれからも変わらへん。けど、彼の肩を組む男がその手を離すコトは無い。彼は人と生きていくコトを選んだんやと思う。

〝あの時〟はいつか隣におる片割れとの〝この時〟が超える。ええコンビや。

野々村語録―その九

働きもんに憧れる

崖っぷちに立ったままタップ踏んでる
アイツにほんまもんのカッコええを感じる。
どんな遠い遠回りやねんと思う時間を生きる
彼女に深い優しさを見る。
私はずっと憧れたまんまや。

「私の事を呼び捨てにする大人たちシリーズ」

おとな 5

~ワインとチーズを好むサムライ~

出会いの場面は覚えてない。

出会ってから今日までもらい続けてる、数え切れんぐらいのデッカイ愛は深い赤ワインみたいや。いつも何かに酔わされる。


「野々村。何かうまいもん食べに行こう」

こんな直球で私をナンパ出来る男子はこの人だけ。してもええのもこの人だけ。

〝スラっとした〟というコトバがこれほど似合う男子はおらん。背筋も仕事も生き方も。

ほんまにみんなの憧れのマト。こうやって褒めてると、また何かに酔ってくる。


月曜日の朝。

電話が鳴る。彼からの電話はいつも一呼吸置いてから慌てて取る。

教育者でもある彼から、進路で悩んでる生徒についての相談を受ける。「転校して来て頑張っとるんやけど、こっちの何が足りんのかなぁ」。生徒に向ける愛の視線がコトバに表れる。ひとりでも学ぶ時間のチャンスをと彼は言う。

こんな大人が隣に座る教育現場は大丈夫やと本気で思う。


水曜日の午後。

設計士でもある彼。地元の古い蔵を彼がリノベーションして出来たコミュニティーハウスで、彼とコトバのセッション。薪ストーブにむき出しの蔵の壁。彼のセンスに包まれる贅沢な場所。

県外から彼の話とついでに私の話を聞きに来る変わった人々を前に語り合う。

何かをやる時、誰かを誘う。都合が合わず「ごめん」と断られるより「残念」と言われるコトが大事やと彼は言う。

そして、私の乱暴極まりない話に手を叩き相槌を打つ彼が居る。また何かに酔わされながら安心の息を吸う。

金曜日の夜。

安い居酒屋で飲んで、二軒目は気持ちが大きくなってカッコつけてカウンターで飲むワインバーへヨロヨロ入るちびっ子ギャングの私。

カウンターの一番奥に長い足を組んで赤ワインを持つダンディーな彼が静かに座ってる。

どこから見ても日本人には見えん。

そして、ちびっ子ギャングの悪態をニコニコしながらワイン越しに聴いてくれる。

先に失礼・・・とサッと店を出ていく彼。その時にはいつもワインの味も分からんちびっ子ギャングたちのお代は支払われてる。


褒め過ぎやと彼はいつも笑う。

一度、ワインとチーズで体が出来ている彼のカッコ悪いとこを探してみた事がある。

行政に向かって吠える私に、みんなで集まって考えろと沢山のジュースを送ってくれる。

働く練習の場所にと草刈りの現場を任せてくれる。

そして、ありがとうと言うてくれはる。

カッコ悪いとこ…無いねん。ほんまに。ズルいねん。ほんまに。

誰かが彼の事を「あしながおじさんみたいやな」と言った事があった。

私は、サムライやと思う。

一〇〇年後も続き残るもんが何かを知ってる男は、色んな風と色を入れてその残るもんをデザインしていく。時代劇とはちょっと違う、もっと誰の魂にも響く届け方をする。

そして、貫く。

応援団が憧れる究極の応援団。ワインとチーズが似合うサムライ。


気持ちが彼でいっぱいになった。そろそろ電話が鳴る気がする。

「野々村。何かうまいもん食べに行こう」

いつでも行く準備は出来てる。

ありがとうと頼むでの間で待ってます。

あとがき

〜憧れの空席〜

私の日常の当たり前は、
社会の中ではマニアックなんか？
そんなコトをふと思ったり思わんかったりしてた春の日。
当たり前をコトバにすると言う
よう分からん風が東京中目黒から吹いて来た。
「働く」を応援する。そんな私の地味な毎日の中で出会う、
手を繋いでもろてる働きもんのたまらん人生を
紙の上に乗せる？　薄いなぁ。やめとこ。
ある日、愛すべきひとりのへなちょこ男子が言うた。
「そんなつもりやないのに。うまいコト行かんわ…」
そうか。彼らから見えてる景色を

いつも頭から血が出るぐらい考える私の日常は
社会には届いてないのか。
見えんからいつまでも彼らは「そんなつもりやない」なんや。
私が出会う厄介な大人たちの大事な人生の
時間をコトバにする。
許されんコトやと分かりながら、紙の上に乗せ始めた。
そして紙の上のコトバを主人公に届けて言われる。
「ワシのコト、綺麗に書きやがって(笑)」
今日もうまいコト行かんアイツの隣には
ひとり分の空席がある。
そこに座らせて欲しいと思いを馳せる。

みっちゃん応援団

中西 大輔さん

滋賀地方自治研究センター 理事

「はたらきもん」の物語が〝野々村言語〟で本になる(なった)。ホンマモンの「働く」とは何かが世に問われるのだ。知らんけど。

三鴨 岐子さん

有限会社まるみ 代表取締役

大切な、みっちゃんと働きもんの物語。私の宝物だったけど世の中みんなのものになってしまう。寂しい嬉しい寂しい。どっちやねん。

坂本 清子さん

一般社団法人シブヤフォント

愛すべきはたらきもんとみっちゃんとのしんどいけどおもろい話。毎日がしんどいなーと思っている人、読んだら元気でるよ。

応援団のおてつだい（季刊『コトノネ』編集部）
企画編集：さとみ きくお
デザイン＆イラスト：おまた ひろひと
編集：たにみず まりん

半澤 夏実さん

こどものノリシロ 代表

みっちゃんのメガネを通して観る働きもんの風景。地域で紡がれる地味な日常への応援メッセージ。みっちゃん今日も頼むでェ！

半澤 由子さん

一般社団法人 Team Norishiro 理事

泣き笑いの日々。重ねた時間が生み出す心に響く言葉。「どんな人生のものがたりもミスはなし」

西村 俊昭さん

株式会社農楽 代表取締役

一般社団法人Team Norishiro 理事

「も～しんどいわ」と笑顔で来て、働きもんの日常から得る気づきと感動を語る野々村。彼女の目線で日常が新たな輝きに変わります。

吉田 晶さん

社会福祉法人 あさみどりの会 さわらび園

みっちゃんと働きもんが居る場所に、まるで自分も居るような感覚になります。そして、読み終えた時、心にあかりが灯ります。

小木曽 正子さん

Nico's Company 代表

どんな状況でも怯まないカッコいい女のお話しをご堪能あれ！

齋藤 正さん

ガルヒ就労支援サービス

グランドマーリン所長

はたらきもんのブルースという感じなのだが、揺るぎないロックがある。単なる就労支援を超えた社会福祉の原点があると思います。

ページを開いたその右手が握ってるアイツのコト。
大事なコトバに思いを馳せる時間。

あんたの番やで！

本を読んで感じたコト、心に浮かんだ人のコト、コトバにしてみませんか。
ぜひ自由に書き込んでみてください。

野々村光子（ののむら みつこ）
東近江圏域働き・暮らし応援センター“Tekito-”棒芯（相談総括役）。
一般社団法人Team Norishiro理事。精神保健福祉士。
幼い頃から障害のある人が自宅を出入りするという環境で育つ。作業所、行政職を経て2006年、現在のセンターの立ち上げに至る。関西弁でできている“ちびっ子ギャング”。平成26年度ふるさとづくり大賞の個人表彰（総務大臣賞）を受賞。

しんどいから おもろいねん

発行日：2024年5月20日 初版第1刷

著者：野々村光子

ブックデザイン・イラストレーション：小俣裕人
編集：谷水麻凜

発行者：里見喜久夫
発行所：株式会社コトノネ生活
〒153-0051 東京都目黒区上目黒2-9-35 中目黒GS第2ビル4F
TEL：03-5794-0505
MAIL：uketsuke@kotonone.jp
http://kotonone.jp/

印刷・製本：情報印刷株式会社

Printed in Japan
ISBN：978-4-907140-51-9 C0036

※著者の意向により、連載時の表記のまま収録しています。